第四十九回 私立鴻越高校文化祭
——開幕
しぶりです！
佐城先輩！」
夢見る男子は
現実主義者
yumemiru danshi ha
genjitsusyugisya

「この生地ちょっと分厚くありません？」

「クレープもおいひーですっ！」

佐々木 有希【ささき ゆき】

渉のクラスメイト・佐々木貴明の妹。

地雷系ヤンデレブラコン

「美味い？　一ノ瀬さん」
「おいひっ……」
一ノ瀬さんと一緒に、
後輩ふたりをご案内！

「――あっ」
聞こえたのはそんな一文字。
目を正面に向けると、
今まさに猫っぽい形の
クッキーを口に運ぼうとしてる
美少女と目が合った。

夢見る男子は現実主義者７

おけまる

HJ文庫
1024

口絵・本文イラスト　さばみぞれ

contents

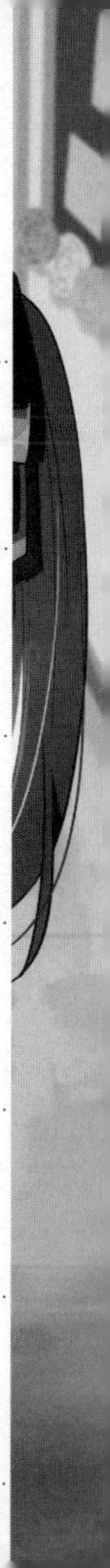

1章❤〈…………〉❤誰のもの

平和なときほど時間が長く感じる。やる事をたくさん抱《かか》えて忙《いそが》しくなるよりマシだけど、これはこれで苦痛な時間だ。ちょっと気合入れて真面目に授業を聞いて頑張《がんば》っただけであら不思議、気が付けば二限の授業が終わった辺りから机に這《は》いつくばっていた。もはや前に座《すわ》る岡本《おかも》っちゃんの背中しか見えていない。今は四限——これが終わったら昼休みだ……あとちょっとだ……頑張れ俺《おれ》。

「ん……ん？」

読経《どっきょう》のような先生の言葉と変わらない景色。そろそろ目を閉じようかと思っていたその時、俺の体にかすかな刺激《しげき》を感じた。背中に……何か当たってる？

「……」

首をなんとか動かして後ろを覗《のぞ》くと、そこには机にちょっと伏《ふ》せ気味《ぎみ》になってポヤッとした顔をしている美少女が。おっと、どうやら俺は既《すで》に眠《ねむ》ってしまっていたようだ。妄想《もうそう》がそのまま夢となって現れてしまったらしい。

美少女は左手を伸《の》ばしてその手に持つシャーペンのノック部分を俺の背中に突《つ》き付け、そのままなぞり始めた。

『た・る』

……たる？　樽《たる》のこと？　ドンキーコングしたいの？

夢だし、意味わからん事が起こってもこんなもんだよな、なんて思ってると、眠たそうに細められた目と視線が合った。

「……っ……なに」

――あ、これ夢じゃないですね。

突如《とつじょ》として頭を駆《か》け抜《ぬ》けた昨日のフラッシュバック。脇腹《わきばら》を撫《な》でる指先。背中の温《ぬく》もり。柔《やわ》らかさ。甘《あま》く囁《ささや》くような声。

夢のような現実。そんな体験をしたばかりの俺が振《ふ》り返った先に美少女が居るわけないなんて事は有り得なくはなく、俺の意識を一瞬《いっしゅん》で現実に引き戻《もど》すには十分すぎた。

同様にハッとした様子で慌《あわ》てて姿勢を正した美少女――夏川《なつかわ》は眠たそうなとろけた顔を一変させ、不機嫌《ふきげん》そうに目を細めて俺を見た。泣きそう。

眠気《ねむけ》とは別でご機嫌麗《うるわ》しくはないようで。というのも朝に昼休みの予定について話し、バイトの後輩《こうはい》でもあった一ノ瀬《いちのせ》さんと昼を共にすることを伝えた時からこんな感じだ。何の偶然《ぐうぜん》か、かつて付き纏《まと》っていた男を偶《たま》には昼に誘《さそ》ってやろうという気分だったらしく、思いがけずその出鼻を挫《くじ》いてしまった俺がよほど気に入らないと見える。正直どうしてそこまで怒《おこ》っているのか分からない。そんな状態で女心に言葉で挑《いど》むのは無謀《むぼう》というものだろう。ここは黙《だま》ってニコッとスマイル０円しておき、大人しく引き下がって前を向いておこう。

「……ばか」

かすかに聞こえた声の効果はいまひとつ。俺の心はわずか９９９９のダメージで済んだ。

◆

昼休みを迎《むか》えて鞄《かばん》からコンビニで買った昼飯を取り出す。立ち上がって右側――一ノ瀬さんの方を見ると、その手前から突き刺《さ》さる視線があった。

い、行きづれぇ……。

席に着いたまま半目で視線を寄越《よこ》してくる芦田《あしだ》。どうやらあいつも昼の予定を乱した俺が気に入らないみたいだ。その証拠《しょうこ》に俺のスマホに芦田から大量のモアイの絵文字が送られて来ている。何の感情表現だよ。スタンプじゃなくて絵文字のあたりがガチ感ある。芦田の顔が段々と彫《ほ》り深く見えて来た。

　こうなるともう後ろの席の方には向けない。目の前に立つ俺を夏川はどんな目で見てんだろうな……。ジト目？　ジト目なのか？　え、夏川のジト目？　それはレアなのでは？　これはもう右を向くしかない……！

　──チラッ。

「……」

　ほう、ジト目の上目遣《うわめづか》い……か。鼻の奥《おく》で熱いものが込《こ》み上げて来た。呆《あき》れ顔は幾度《いくど》と無く向けられて来た俺でもこんな顔は初めてだ。夏川部門玄人《くろうと》の俺でもこれには敵《かな》わない。二次元の萌《も》えキャラなんて目じゃないぜ！　リアルのお前が一番だ！

「…………何よ」

「へっ⁉　あ、いや……な、何でもないです」

「……そ」

　何だろうなこの……優《やさ》しく接してくれるときより胸がときめく感じは。なぜ俺は喜んでしまっている？　姉貴にメンタル鍛《きた》えられ過ぎた？　ちょっとやそっとの精神ダメージじゃマッサージも同然だというのか……芸人に向いてるな。

　欲《ほ》しがる思いはあっても無為《むい》に機嫌を損《そこ》ねようとは思わない。ここはさっさと一ノ瀬さんのとこに行って教室から出よう。あんまり長居すると芦田がモアイにしか見えなくなってしまいそうだ。

「ぁ——ね、ねぇっ」

「えっ、な、なに？」

「そのっ……」

まさか呼び止められるとは思わなくて上擦《うわず》った声が出てしまう。変に思われていないか夏川を見ると、さっきとは打って変わって焦《あせ》るような顔でこっちを見ていた。

「そのっ……一緒《いっしょ》にって、ダメなの？」

「『一緒に』……ってつまり、一ノ瀬さんと俺と、夏川と芦田ってこと？」

コクリ、と頷《うなず》く夏川。

「………」

一緒に……一緒に……一緒に……——。

頭の中でエコーがかかるＣＶ：夏川。妄想でも何でもなく俺に向けられた言葉。ここが誰も居ない防音完備の部屋だったら。嬉《うれ》しさそのまま奇声《きせい》上げながら飛び跳《は》ねて天井《てんじょう》に頭を打ち付けていただろう。俺はいったいどうすればいい……？

……落ち着け。慣れるんじゃないぞ俺。たとえ夏川に悪意が無かったとしてもこれは罠《わな》だ。野郎の勘違いってのはこういうとこから始まるんだ。思慮深く行け。何も考えず頷いてばかりいると火傷《やけど》しかねないぞ。

内心ぶち上がったテンションを何とか抑《おさ》えて冷静になったつもりで考える。四人でこの昼を過ごすことは果たして現実的か？

まずは一ノ瀬さん。バイトの経験から接客には慣れた頃《ころ》だと思うけど、それはあくまで〝仕事モード〟だからであって人見知りな部分は今でも変わってない、と思う。夏川や芦田も一緒で良いかと訊《き》いたところで「嫌《いや》だ」とは言わないだろうけど、胸の内では前向きじゃないだろう。あの性格で話したこともない相手と一緒にご飯食べようというのはなかなか厳しいものがある。特に芦田。別に人を不快にさせるほど騒《さわ》がしいわけじゃないけど陽キャなのは間違《まちが》いない。一ノ瀬さんもそこはわかってるから、居るだけで落ち着かないのではないかと。ただ、ここで顔の広い芦田と繋《つな》がりを持つことは交友関係を広げる大きなチャンスとも言えるわけで……。

あとは夏川と一ノ瀬さんの組み合わせだな。これは正直心配してない。グイグイ系じゃないし、夏川一人なら迷うことなく賛成できる。ただ会話が続かなそうだ。もう少し一ノ瀬さんがだらしなかったら夏川のお姉ちゃん属性が発動して良い感じになりそうなんだけどな。夏川×一ノ瀬さんか……アリだな。

「訊いてみるぜ」

「な、何でちょっとワクワクしてるの……？」

◆

一ノ瀬さんの席に向かうと、既に白井《しらい》さんと岡本っちゃんに囲まれていた。

「お腹《なか》すいた～、授業中お腹鳴りっぱなしだったよー」

「えー？　聞こえなかったよ？」

「そお？　なら良かった」

「あ、あの……」

二人の間で一ノ瀬さんは何か言いたげにしてわたわたとしている。出遅《でおく》れたか。待っていても一ノ瀬さんの方から近付いて来る事はなさそうだし、白井さんと岡本っちゃんもその辺を理解して自分から近付いているようだ。そんなふうに仲良くしてくれる友達ができてパパは涙《なみだ》が出そうだ――あれ、俺パパじゃなくね？

女三人寄れば姦《かしま》しいとはいうものの、この三人からは騒がしさを感じない。白井さんも岡本っちゃんもどちらかと言えばクスクスと笑うタイプだし、一ノ瀬さんは微笑《ほほえ》むか口元を隠すくらいのお淑やかさだ。楽しそうな空間だな……ぶっちゃけ俺とランチするよりこっちの方が一ノ瀬さんにとって良い気がして来た。てか俺も交ぜてください。

「あれ？　佐城《さじょう》くん？」

「ぁ……」

「あー……今日は、やめとく？」

「！　い、いえっ……！」

少し遠くから訊いてみると、一ノ瀬さんが慌てたように立ち上がった。うむ、機敏《きびん》な動きだ。バイトで培《つちか》った経験が活《い》きてるな。アルバイター中伝を授《さず》けよう。

「え、え？　何かあるの？」

「一ノ瀬さんと一緒に食べる約束してたんだわ」

「えっ、なにそれ聞いてない」

「いやあの……マジ、ごめん」

信じられないんだけど、とでも言いたげな岡本っちゃんの声色《こわいろ》に思わずガチ謝罪が出た。どうやら二学期に入って短期間で一ノ瀬さんにかなり心を掴《つか》まれているらしい。毎日必死にお友達アピールしてんのにいきなり横からかっ攫《さら》われたら文句の一つも言いたくなるだろうな。小学生の頃、毎日消しゴムのカスを集めて良い感じの練り消しを作ってたら姉貴に外に遠投されてキレたのを思い出した。殴《なぐ》り掛《か》かったら吊《つ》り天井固めされて泣いたところまで覚えてる。

「えーダメ！　私の深那《みな》ちゃんだよ！」

「や、俺のだから」

「えっ」

「そ、そうなんだ……」

今後、一ノ瀬さんの親友になり得るため応援《おうえん》こそしてるものの、「私の！」なんて言われると俺もムッとしてしまう。別に俺のなんて本気で思ってないけど、一ノ瀬さんとは関わってきた期間も頼《たよ》られて来た数も違《ちが》う。いくら岡本っちゃんや白井さんが相手でも〝どっちが仲良いか〟ってなるとそこはまだ譲《ゆず》れない感じがする。

「ま、直《す》ぐに返すから。今日だけ許してくんない？　ほら、ちょうど佐々木《ささき》とかフリーっぽいし」

「う、うん」

「じゃ、行こっか一ノ瀬さん──一ノ瀬さん？」

「──は、はひ……」

あれ……何か様子が。

お客さんを前に顔を真っ赤にしてアガってる一ノ瀬さんは出会った当初に何回も見て来たから慣れてるけど。そんなに緊張《きんちょう》する場面あったかな……。

よくわからないまま、あの時と同じ要領で手を引いて少し離《はな》れたところに移動する。とりあえずこのままじゃ相談にならないから落ち着いてもらおう。

「大丈夫《だいじょうぶ》？　一ノ瀬さん」

「は、はい……」

胸に手を当てて自分を落ち着かせようとしてる一ノ瀬さんを待つ。自立を目指してるだけあって、俺が世話を焼く必要はなさそうだ。や、そもそも今日一緒に食べるのは一ノ瀬さんから相談があるからだったか。普通《ふつう》に「どうすれば楽しめるか」で考えてたわ。

一ノ瀬さんが落ち着いたところで改めて訊いてみる。

「一ノ瀬さん、今日どこで食べるとか決めてたりする……？」

「あ……えと、図書室の、資料室なんて……」

「図書室……あ、一ノ瀬さん図書委員になったんだっけ。って、他のクラスの図書委員とか居るんじゃないの？　飲食とかも大丈夫なん？」

「えっと……資料室なら食べて良いことになってるから……。先輩《せんぱい》が居るけど、先輩も仲の良い人連れて来てるし……」

「そ、そう……」

落ち着いた一ノ瀬さんに訊いてみると、既に場所を決めてるようだった。思ったより奥まった場所で動揺《どうよう》が隠せない。一ノ瀬さんの態度から察するに多分その仲の良い人、同性の友達なんじゃねぇかな……。いきなり異性連れて来たらちょっと話変わんない？

「あーっと……それで、さ。一ノ瀬さん」

「？」

「えっと……たぶん話があって俺を呼んだんだと思うけどさ。他の人とか連れて来て良いのかな？　あんまり聞かれたくない話とかなら二人に断っとくけど」

「え……その、二人って……？」

「夏川と、芦田………」

「………」

少し口を半開きにして黙り込む一ノ瀬さん。悪いことしてるわけじゃないのにスゴく気まずい感じがする。や、悪いことなのか？　二人で食べようって言ってるのに他の人、しかも普段《ふだん》全く話さないやつ連れて来るとか一ノ瀬さんにとっては悪魔《あくま》の所業かもしれない。

図書室の資料室ってのもあんまり人が入る広さとは思えないし、ここはやっぱり断るか。冷静に考えたら女子三人に俺一人とか肩身《かたみ》狭《せま》いし。

「あー……やっぱり二人には――」

「だ、大丈夫です」

「えっ？」

「わ、私も……一度話してみたいと思ってたから……」

「えっ？」

え……い、一ノ瀬さんが、夏川や芦田と話してみたかった……？　一ノ瀬さんが自分からあまり話した事ない人と話してみたいって言ったってのか……？　何それ赤飯ものじゃん。ごま塩買わなきゃっ……！

「わ、わかった。二人に伝えて来るわ」

「うん……」

夏川と芦田のもとに向かいながら目元を押《お》さえる。うっ……一ノ瀬さん……成長したなぁ……。俺マジで涙が出そうだよ。学年が上がって別のクラスになったらまた前みたいに一人でずっと本読んでるなんて事にならないか心配に思ってたけど、この調子なら心配いらないいな。少しずつ岡本っちゃんや白井さんにも慣れて来てるみたいだし、安心したよ。

「夏川！　一ノ瀬さん、二人呼んでも良いって――夏川？」

「……」

一ノ瀬さんの許可をもらって元の席に戻ると、夏川が少し膨《ふく》れた顔でそっぽを向いていた。機嫌が悪そうに窓の外を見ている。何だか虫の居所が悪そうだ。すぐ側で芦田がやらかしたと言わんばかりに顔を押さえている。

「え？　なに芦田、夏川と喧嘩《けんか》でもした？　なにやったんだよお前。すぐに謝《あやま》った方が良いぞ」

「さじょっち……全部聞こえてたよ？」

「え？　おう……」

…………おう？

ところかわって、一階のピロティー。自転車置き場の近くで、朝や放課後でもない限り人気《ひとけ》の少ない場所だった。中庭が一望できて、葉を赤く染めた四本のソメイヨシノを眺《なが》めることができる秋のお花見スポット。中庭で秋の自然に囲まれるんじゃなく、中庭ごと秋を愉《たの》しむのだと、一ノ瀬《いちのせ》さんが両手をキュッと握《にぎ》って説明してくれた。かわよ。

「その、本当に良いの……？　図書室じゃなくて……」

「あ……たぶん、先輩にとってもそれが良いと思うので……」

夏川《なつかわ》が一ノ瀬さんの顔を覗き込むようにして言う。

俺だけならまだしも、四人ともなると図書室の資料室じゃさすがに狭いと場所を変えることになった。ここに向かうついでに図書室に寄って、女子の先輩に断りを入れた一ノ瀬さん。仕事を押し付ける事になると思いきや、先輩は快く送り出してくれたとのこと。その後、一ノ瀬さんから「先輩も友達を連れて来てて……気まずいんです」と何とも切ない話を吐露《とろ》された。まぁ兄貴のアレに比べたら慣れたもんだよな。なんて、デリカシーゼロな感想が湧《わ》いて罪悪感に苛《さいな》まれていると、「まぁ……慣れてるので」とぽしょりと聞こえて来て思わず抱《だ》き締《し》めそうになった。一寸先、怯《おび》える一ノ瀬さんを抱き締める夏川から警察に通報され、芦田《あしだ》から罵声《ばせい》を浴びせられる俺の幻覚《げんかく》が見えた。

「ここ良いねっ、夏でも涼《すず》しそう！」

「は、はい……」

一ノ瀬さんは褒《ほ》めてくる芦田に返事をするのがやっとみたいだ。芦田はそもそも初対面でも知り合いみたいな切り口だからな。俺でも最初は「お、おう」ってなった記憶《きおく》がある。何なら既に呼び方〝一ノ瀬ちゃん〟だし。俺なんか普通に呼ばれた記憶がねぇわ。

「じゃあここにしようよ！」

「うん、そうだね」

昇降口《しょうこうぐち》に通じる校舎内への入り口。たった三段ほどの小階段の両サイドには椅子《いす》として使うのにぴったりの高さの段差があった。夏川はギリだけど、一ノ瀬さんは少し足がプラプラしてしまうかもしれない。

小階段に向かって右側に芦田がジャンプ。そのままくるっと回って段差にお尻《しり》で着地する。ふわっとスカートが浮《う》き上がった瞬間《しゅんかん》に夏川がサッとこっちを向いた。え、なに？今ちょっと生きるのに精一杯《せいいっぱい》で見てなかったわ。

夏川は半目で俺を見たまま芦田の横にススとお上品に座る。内なる俺が指を弾《はじ》きながら悔《くや》しげに地団駄《じだんだ》を踏《ふ》んだ。

「俺たちはこっちかな」

「あ、はい……」

「——ぁ」

夏川、芦田から小階段を挟《はさ》んで逆サイドに座る。一ノ瀬さんには夏川たちから見えるように内側に座ってもらった。「んしょっ」と小さく聞こえた茶目《ちゃめ》っ気《け》たっぷりな掛け声に、俺の内側で「あら可愛《かわい》い」というおば様が新しく生まれた。ごめんあそばせ。

「ねぇねぇ、さじょっちってバイト先じゃどんな感じだったの？」

「いきなり俺かよ」

「だって気になるんだもん」

ドキッとするんだよなぁ……。

芦田の良いところと言うべきか悪いところと言うべきか。俺に限らず誰にでも思わせぶりなセリフ言っちゃうんだからこいつは。

「えと……佐城《さじょう》くんはとても手慣れていて……何でもそつなくこなしていました」

「そーんな褒めんなよっ」

「うわうざっ、うっざ」

「そういうところなんだから……」

大真面目に褒められて照れ隠しにデへるのはハズレだったらしい。芦田に加え夏川からも手厳しい言葉を頂いた。照れ隠しだぞ……普通に褒められるなんて滅多《めった》に無いんだぞ。姉貴なんか褒める代わりに肩《かた》パンして来るからな。

「……羨《うらや》ましかったです」

「接客もあるんだよね？　一ノ瀬ちゃん、あんまイメージ無いなー」

「紆余曲折《うよきょくせつ》あって今も頑張ってんだよ。先入観捨てて見守ってやれ」

「紆余曲折？　あっ」

「あっ……」

あっ……ヤバい、そういや芦田も夏川も一ノ瀬さんの土下座事件を知ってるんだっけ。何なら夏川の家まで行って相談しちゃってるやつだわ。名前は出してないけど多分モロバレだよな。いま芦田と夏川の頭の中確実に一ノ瀬さんの土下座姿だわ。

「ひ、昼飯食おうぜ！　早く食べねーと昼休み終わっちゃうだろ！」

「あ、はい……」

「……」

「……」

空気をぶった切るように菓子《かし》パンの入ったビニール袋《ぶくろ》を引っ張り出す。隣《となり》の一ノ瀬さんは自分にも言われたと思ったのか、薄《うす》ピンクの布袋に包まれた小さく可愛らしい弁当箱を取り出した。一ノ瀬さんの向こう側から白い目を向けられてる気がするけど気にしない気にしない。ひと休みひと休み。

「……」

「……な、なに、夏川」

無理だった。

小階段を挟んだ向こう側。夏川からじっと視線を向けられ続けて食事どころじゃなかった。真顔すぎて怖《こわ》い。まさかこの場で土下座の件を掘《ほ》り返したりしないよな……？

「まだ、それなんだ」

「……え？」

何を言うかと思えば、やけに含《ふく》みのある言葉。夏川は不満そうに俺の手元を見ていた。前に昼休みに一緒になって以降、まだ俺が菓子パンを食ってる事がお気《き》に召《め》さないらしい。

「良いじゃんか。安いしバリエーション豊富で買いに行くの楽しいぞ」

「栄養バランス悪いじゃない」

「運動部のあたし的にも毎日ってのはねー……さじょっち身長伸びてる？」

「うぐっ……」

チビでは無いだろうけど山崎《やまざき》だったり生徒会のイケメン達と並ぶと劣等感《れっとうかん》に見舞《みま》われる。何でああいう連中って比較的《ひかくてき》同じ身長同士でつるむわけ？　バスケ部はともかく生徒会は一般《いっぱん》の男子生徒に対する嫌《いや》みか？　日照権《にっしょうけん》の侵害《しんがい》で訴《うった》えるぞこの野郎。はぁ……結城《ゆうき》先輩の弁当が恋《こい》しい。

「……………のびない」

「……っ……」

隣からシュンとした様子でほろりと聞こえて来て俺がほろりとしそうになった。頑張れ一ノ瀬さんっ、高校生活はこれから！　きっとまだまだ成長できるよ！

「あ、あー……そういや一ノ瀬さん。何か相談したい事があるんだっけ？」

「ぁ……はい」

一ノ瀬さんの具体的なバックボーンを知らない夏川や芦田に会話の主導権を握られてると一ノ瀬さんの地雷《じらい》になりかねない。ここは一ノ瀬さんと一緒に食べるに至った話でこっちのペースに持ち込もう。

「相談……？　そうだったの？」

「普通に一緒に食べるわけじゃなかったんだね？」

「あれ、言ってなかったっけ」

「『聞いてない』」

「あ、うん」

声を揃《そろ》えて言われて思わずビビる。デュエットで歌唱したら天下取れそうなハーモニーだった。君たち、芸能界に興味は無いかい？

一ノ瀬さんの方から誘われるなんて俺からしても珍《めずら》しい事だし、言わずとも何か事情があるなんて分かりそうなもんだけどな。教室でも話したけど、異性に対して何となく一緒に食べようなんてそれもう脈アリのやつだから。「こいつ……もしかして俺のこと好きかも」って本気で思っちゃうやつだから。しかしそれは青春の罠。

「てっきり――っしょに居たいからだって……」

「え、愛《あい》ち」

「な、何でもないっ！」

「……？」

夏川が何か言ったみたいだけどここからじゃ聞き取れなかった。芦田が聞き取れて俺には聞こえなかった？　おかしい……俺の耳は通常の人間より夏川の声を一・五倍拾うことが出来るはずなんだけど。もう少し集音率高めとくか、ハァァァッ……！

「え、えっと！　一ノ瀬さんが渉《わたる》に相談って事は……アルバイト関係ってこと？」

「あ、えと……少し違って……」

「うん……？」

　俺と一ノ瀬さんの繋がりは今のところ同級生で同じクラスというよりもバイトの比重の方が大きそうだし、てっきり俺もバイトの悩みを相談されるかと思ってた。逆にそれ以外の内容で相談に乗れるかが心配なんだけど。

「あの……本棚《ほんだな》、買おうと思ってて……」

「へぇ、そうなんだ」

　本棚、本棚ね。良いんじゃん。一ノ瀬さんいっぱい本読んでるし、バイトに慣れてきた頃くらいから毎日一冊ずつ買って帰ってたんじゃねぇかな……お金大丈夫？　なんて思ったけど百円からプラス五十円とかだから缶《かん》コーヒー買う感覚なんだろうな。そう考えると俺の菓子パンよりリーズナブルじゃね？　ヤバい、虚無《きょむ》に陥《おちい》りそう。

「その、色々とスマートフォンで調べたりするんだけど、どれも納得《なっとく》がいかなくて……」

「なるほど」

　気持ちはわかる。ネット通販《つうはん》だといまいち質感とかサイズ感が掴めなかったりするからな。服ですらそんな〝買って後悔《こうかい》する怖さ〟があるのに本棚となるともっと怖いはず。ベッドみたいな骨組み系とかサイズ感がほぼ均一なものだと手が出しやすいんだろうけど。

「ってことは……実際に店に行って、良い本棚を一緒に探してほしいって感じ？」

「ぁ……だ、だめ？」

「良いけど………そっち方面は俺より一ノ瀬さんの方が詳《くわ》しそうだけどな」

「あ、あの……実は………」

「？」

ぽそぽそと話されたのは、ショッピングすること自体が至難の業《わざ》との内容。ギャル語で訳すとそもそも店員と話すこと自体がマジ鬼《おに》、ヤバいんだけど、バイブス萎《な》え萎えって感じ、とのこと。本棚を買うともなれば店員と話すのは必至――少女漫画《まんが》風に言うと「あたしどうなっちゃうの⁉」展開になるらしい。

お嬢《じょう》さんやい……きみ、本屋の店員やってなかったっけ？

未《いま》だ人見知りが強い一ノ瀬さん。とはいえ冷静に考えると、店で家具クラスのものを買うのは俺にも難易度が高い気がする。善《よ》し悪《あ》しなんてよく分からないし、店員に勧められるがまま気が付いたら財布《さいふ》を取り出していそうだ。そもそも高校生の俺にそんな大層なものは買えない。

本棚、それも一ノ瀬さん並みの読書家ともなると大きいサイズを買う可能性が高い。一ノ瀬さんが一人で買えたとして、持って帰るところでそもそも詰《つ》むだろう。たぶん配送手続きとかそんなのも込み込みで店員とやり取りするだろうし、そう考えると難易度は服屋の店員の絡《から》みより高いかもしれない。

「分かった。今度行こっか。次の土日——は無理だから……文化祭の代休？」

「い、いいの……？」

「おお、行こうぜ。初デートだな」

「えっ……あ、あぅ……」

チラッと言ってみると、一ノ瀬さんは分かりやすく顔を赤くして下を向いた。間違いなくそんなつもりはなく誘ったんだろうけど、男女が二人でお出かけって傍目《はため》から見たらそういうことだからな。ふひひ、恥《は》ずかしがれ恥ずかしがれ……。

「ちょっと待った！　黙《だま》って見てればイチャイチャしやがって！　そういう事ならあたし達も参戦するよ！」

「け、圭《けい》っ……!?」

あっ……あれちょっと待って。俺もしかして、いま夏川の前で一ノ瀬さんとデートとか言っちゃった？　うっ……好きな人の前で何言ってんの俺。しかも夏川に告白経験がある手前タチ悪すぎない？

えっ、てか参戦って、えっ……？

「ダブルデートだよ！」

「えっ……は？　ダブルデート？」

「時代は多様性！　そろそろあたしと愛ちみたいな百合《ゆり》ップルも認められるべきだと思うんだよ！」

「ちょっと待って」

「待てやコラ」

だ・れ・が百合ップルだこの女《アマ》ァ……佐城はそんなの認めた覚えはねぇぞ。夏川の彼《かれ》ピッピを名乗りたいなら全国の佐城を倒《たお》してから言うんだな。そんな事も出来ない人間に夏川は任せられない。うちの佐城は強《つえ》ぇぞぉ？　主に姉の方。

「い、いつから私と圭がカップルになったの！」

「え……愛ち、いやなの……？」

「圭の、上目遣い……？　圭の……うわめづかい……？」

「おい！　夏川の姉属性の部分刺激するとか卑怯《ひきょう》だぞ！　おれもする！」

「ちょっ、キモいから。それ上目遣いじゃないから。虎視眈々《こしたんたん》とベランダの洗濯物狙《せんたくものねら》ってる顔だから」

「誰が下着泥棒《どろぼう》だ！」

これでも弟属性を持ってんだ。俺のありったけの末っ子魂《だましい》を込めた上目遣いがまさか一切《いっさい》効かないなんてことは無いはずっ……！

……そういや小さい頃、姉貴を見上げる度にデコを人差し指の関節でグリグリされてたような………え、まさかホントに……？　俺の上目遣いそんなにキモいの？

「……てか勝手に話進めるなよ芦田。一ノ瀬さんが騒がしいの得意じゃないの知ってるだろ芦田」

「へー、そーゆーこと言っちゃうんだ。ていうかあたしにだけ言うのおかしくない？」

「夏川をハスハスしまくってるお前に言ってんだよ」

いい加減感想を聞かせろ。

「は、ハスハスって何よ……」

顔を赤らめ、箸《はし》で摘《つ》まんだ玉子焼きを見ながら呟《つぶや》く夏川。ふむ、さては心当たりがあるな？　夏川なりの解釈《かいしゃく》を聞かせていただけないだろうか。それはさておきその玉子焼きになりたい。いや、箸。

「一ノ瀬さん的にどーなの。人数増えて大丈夫なん？　あれ、一ノ瀬さん？」

「……デート……でーと……」

「えっ」

見ると、一ノ瀬さんは夏川以上に顔を真っ赤にして俯《うつむ》いていた。髪《かみ》の隙間《すきま》から見える小さな耳も真っ赤になっている。まぁ初心《うぶ》だよなとは思ってたけどそんなに？　美少女に言われるならまだしも俺だぜ？　やっべ、芦田のせいで俺の中で全員女好きになってた。

てか、俺なら夏川に限らず異性とお出かけするってだけでドキドキするけどな。一ノ瀬さんと出かけるのだって多少の気合入れるし。その時点で何とも思わなかったのかね。全く意識されてなかったとか？　あ、もしかして一ノ瀬さん、いつもは兄貴と出かけてたからそういう感覚が無かったとか……うん？

「あれ、そういや先輩――兄貴には相談してないの？」

「……っ……そ、それは……」

訊いてみると、一ノ瀬さんはハッとしてから気まずそうな表情になった。

一ノ瀬さんの兄貴にして風紀委員会を皆勤《かいきん》する黒一点。通称《つうしょう》クマさん先輩。夏休みには色々あったものの、そんな先輩に一ノ瀬さんは思いの丈をぶつけたはずだ。元々はお兄ちゃんっ子だし、実際クマさん先輩の方が一ノ瀬さんの事を見てきたはず。出かけるにしてもそっちの方が一ノ瀬さんの精神的に優しそうだけど。

「……ぜったい、由梨《ゆり》さん付いてくるし……」

「あ、あー……」

何だか今の一言で色々わかった気がする。

自立のためアルバイトを続ける事を宣言した一ノ瀬さん。クマさん先輩を説得して勝ち取ったんだろうけど、だからと言ってお兄ちゃん大好きな気持ちは消えてないわけだ。一ノ瀬さんからすれば由梨ちゃん先輩はまだまだ〝私の大好きなお兄ちゃんを盗《と》った女〟なんだな。あれからそこそこ仲良くなってるかと思ってたわ。

一方で由梨ちゃん先輩はクマさん先輩の妹と仲良くしたい感じだな。前に会った時もそうだった。ありゃ構いたがりだわ。

「え、一ノ瀬ちゃんって兄《にい》ちゃん居るの……？　あっ――」

「あっ……」

「もう良いから。その察しちゃったみたいな顔やめろ。やめてください」

ちょっと強めに言うと、二人は〝誰のせいだよ〟と言わんばかりに口を尖《とが》らせた。やめろよ二人揃ってあんま口を強調させせんなよキス顔かよ迎えに行くぞコノヤロー。

「そ、その……ついでにミニソファーなんかも、なんて……」

「うっ……」

家でも読書家の一ノ瀬さんはかつて、クマさん先輩の脚に座《あんよ》ってふっくらしたお腹を背もたれに本を読んでいたという。このタイミングでミニソファーなんてものを探すという事はだ。クマさん先輩の気持ちになって考えるとマジで泣きそうになって来る。兄離《ばな》れ、か………妹居ないのにこんなに先輩の気持ちが分かるのは何故《なぜ》だろう。山崎から借りたギャルゲーで妹作りすぎたか……。

「先輩のお腹に近いソファーは難しそうだな……」

「うぅ……」

どんだけ心地《ここち》好《よ》かったんだよ先輩のお腹………一ノ瀬さんめっちゃ悲しそうなんだけど。ちょっと一回で良いから俺も背中預けてみたくなってきた。い、いや駄目《だめ》だ……！　たぶん今ごろクマさん先輩は由梨ちゃん先輩の太ももに頭を預けているはずっ……！　けしからん！　けしからんぞ！　ああ羨ましい！

「まぁ先輩も高三だからな、いつか来る話だったんだよ。大丈夫？　代わりに俺のぽんぽんでも使っとく？」

「い、いいの……？」

「おおもう全然構わんよ。――へ？」

コンビニ寄ってく？　感覚で冗談《じょうだん》を言うと、思いのほか早く切り返されて普通にオッケーしてしまった。あれ？　何か違くね？　これオッケーして良かったんだっけ？　一ノ瀬さんを膝《ひざ》に乗せるって……あれ？　これって道徳的にオッケー？

「じゃあ……」

「えっ」

何が何だかわからなくなってると、弁当箱を横に置いた一ノ瀬さんが俺の腿《もも》の上にそっと小さい手を乗せた。え、マジで？　マジで来るの？

「――ちょ、ちょっと！　何やってるの！」

「……⁉」

ハッとする。左を見ると、俺の胸に耳を当てる姿勢になってる一ノ瀬さんの向こう側で夏川が段差に右手を突《つ》いて声を上げていた。結構強めに言ったのか、もう片方の手は胸の前でキュッと握っている。

「い、一ノ瀬ちゃん……？　相手はさじょっちだよ？」

「？　……あっ……！」

「うわっとっ……！」

何かに気付いたような声とともに一ノ瀬さんが俺の側から〝跳《と》んだ〟。そのタイミングで危ない、と思った。段差の境目で跳ぶように離れた一ノ瀬さんは案の定そのままバランスを崩《くず》して落ちそうになっていた。早めに伸ばした右腕《みぎうで》が何とか傾《かたむ》く一ノ瀬さんの背中を抱き留《と》める事に成功する。

「つぶねー……大丈夫？　一ノ瀬さん？」

「……あわ………はわ………だ、だだだ大丈夫ですっ！」

「えっ」

バッ、と体勢を整えた一ノ瀬さんは俺の腕《うで》から抜《ぬ》け出すと、目にも留《と》まらぬ速さで弁当箱の蓋《ふた》を閉め、持ち物の全てを抱き締めて駆《か》けて行った。思わずその背中に手を伸ばしてみるも、呼び掛けるタイミングは完全に逃《のが》してしまっていた。

一ノ瀬さん……あんな速く走れたん……？

「……」

「……」

「……」

え、やだ怖い。何これ。

◆

一ノ瀬さんが走って行ったのが食事をだいぶ進めた後で良かった。これから「さぁお弁当を開きましょう」だったら地獄《じごく》の時間を過ごす事になってたかもしれない。それは芦田が色の無い声で「さ、戻ろっか」って言ったことで免《まぬが》れることができた。

夏川は芦田だけに言い聞かせるように「そうだね」と返す。俺はそっと空を見上げた。そこにあるのは青空ではなくコンクリートの天井。隅《すみ》にはもぬけの殻《から》になったツバメの巣があった。耐《た》えろ俺……君死にたまふことなかれ。助けて晶子《あきこ》……。

この状況《じょうきょう》大丈夫か？　居ない者扱《あつか》いされてる状況で後ろにくっ付いてもストーカーにしか見えなくない？　バーローちょっと前のテメーに戻るだけじゃねぇか。ばーろぉ……。

いっその事ちょっと遅《おく》れて行くか——そう思っていると、ツンとした様子で歩く夏川から足並みを遅らせた芦田がゆっくり近付いて来た。何だ、この状況の打開策でも見付けてくれたのか？　優しいな芦田、アホ毛撫でてやるよ。

「さじょっち馬鹿じゃないのっ……なにあたし達の前でおっ始《ぱじ》めようとしてんのさ……！」

「ばっ……！」

声を潜《ひそ》めてとんでもないこと言いやがった！

「ちげーよッ……冗談に決まってんだろあんなもん！　まさか一ノ瀬さんがホントにさじょっち号に乗り込《こ》んで来るとか思わないじゃん⁉」

「甘やかし過ぎなんじゃないの……⁉　ああいうタイプの子だし、そろそろ取り返し付かなくなるかんねっ……！」

「んぐ……」

マジ説教が来た。何を小癪《こしやく》なっ……と思ったものの返す言葉が無かった。確かに一ノ瀬さんとの距離感《きょりかん》が何だか近過ぎるような気がしなくもない。バイト先で初めて会った時が最悪だっただけに、まだ俺の中に「一ノ瀬さんに好かれようとしなければっ……！」という思いが残ってんだなきっと。いや実際優しくするだろ、あのタイプの子だぞ。

「一ノ瀬ちゃんばっかでさっ。さじょっち、大事なこと忘れてんじゃないの……？」

「は……？　大事なことって……？」

「今月末っ。何があるか知らないわけ……？」

「はんっ、俺が忘れるわけねぇだろ」

そう、今月末には一大イベントが控《ひか》えている。それは渋谷《しぶや》でパーリナイするような傍迷《はためい》惑《わく》なハロウィンなんかじゃない。もっと、もっと俺にとって大事なもの。それを俺に問うなんて名前を尋《たず》ねるのと同じようなもんだぜ。

「夏川が下界に下りた日だろ？」

「そうだよ」

そう、今月末の十月三十一日は夏川がこの世に生誕なされた日。略して誕生日。いや、降臨日と言っても過言ではない。西暦《せいれき》に次ぐ新しい歴史が始まったのだ。いでよ神龍《シェンロン》。

「ちゃんと何か準備してるわけ？」

「去年の十一月一日より」

「重っ」

あまり俺を舐《な》めない方が良い。特にあの頃の俺にとって夏川の誕生日は合法的に供物《くもつ》を捧《ささ》げられる重要な日だった。合法的にって何だ。

冗談でもなく夜の0時を回ったそばから来年は何あげようなんて考えてたのを思い出す。いや、これもう恋の病とかじゃなくてただの病じゃね？　狂気《きょうき》の沙汰《さた》なんだけど。いま夏川が普通に接してくれてるのが信じられねぇわ。

「ちょ、ちょっとっ……！」

「！」

芦田と二人で去年の自分に引いてると、先を行っていたはずの夏川が割って入ってきた。いや、入ってきてくださった。有り難《がた》き幸せ。

「ふ、二人だけでなに話してんのよ……」

「えっも……」

「え……？」

「あ、えっと……」

危ねぇ……夏川の拗《す》ねた感じがエモすぎるあまりに言い間違えてしまった。返そうとした言葉が似通っているとよくわかんなくなるな。いや、そんなこと気にする必要はない、夏川は実際にエモい。

「いや、芦田が訊いてきたんだよ。今月の──」

「ちょッ、ちょちょちょちょちょちょちょちょちょッ!!」

「んぐッ!?　んんー!?」

普通に答えようとしたら顔に芦田の手が飛んで来た。口を押さえられたもののその前に一回外れて俺の頬骨《きょうこつ》に掌底《しょうてい》が決まった。痛《いて》ぇ……何だこの女《アマ》、手の平舐めるぞ。舐めてええんか？　ペロリとしてええんか？

怒《いか》りを超《こ》えた欲情に葛藤《かっとう》してると、直ぐに手が離れて肩からぐりんと芦田の方に向かされた。

「え？　いま絶対普通に言おうとしたよね？　ねえ？　こーゆーのって普通は黙《ダマ》なんじゃないの？」

「や、だって俺と夏川の関係でサプライズしたって仕方なくない？　普通に朝イチ登校して誰よりも早く夏川に〝はいプレゼント〟って渡《わた》すつもりだけど」

「なにその大さじ一杯《ぱい》程度の情熱……コメントしづらいんだけど」

「もうっ……！　何なのっ！」

後ろを向くと、夏川が胸の前で両手を前に振《ふ》ってプンプンしてた。ほらー、芦田が省くようなマネするから夏川さんが怒ったー。こーゆー事されると傷付くんだぞー。

「あわわわ、怒んないで愛ちっ。これには深い理由《わけ》があってて……！」

「……理由ってなに」

「それはっ……そう！　さじょっちを説教してたの！　ちょっと一ノ瀬ちゃんと距離近すぎるんじゃないって！」

「……」

おいやめろ。隠《かく》れ蓑《みの》に俺と一ノ瀬さんの距離感を持ち出すのはやめろ。一ノ瀬さんだけじゃなくて夏川とも気まずくなってしまったら俺は死ぬ。

芦田の釈明《しゃくめい》を聞くと、夏川はジトッと俺を見上げた。おかしい……レアな表情なのに今は悪寒《おかん》がする。なんだ、このめっちゃ追い詰められてるみたいな状況……。

「――い、以後気を付けます」

「……ん」

反論は悪手……そんな謎《なぞ》の勘《かん》に従って素直《すなお》に一言の反省文を述べると、夏川は少し時間を置いて一言の裁定を下し、スンと身を返して先を歩いて行った。

「んべ」

「てめ」

芦田は俺に向けて舌を出すと、夏川の下《もと》まで走って行って背中に跳び付いた。「きゃっ」という甲高《かんだか》い声が俺の魂《たましい》の鼓《こ》膜《まく》をぶち抜いた。羨ましい、俺も女だったらああいう機嫌の取り方ができただろうに……俺はちょっと時間を置いた方が良さそうだ。

まぁ俺と一ノ瀬さんのあれは芦田も怒《おこ》プン説教丸《せっきょうまる》になるほどだし、夏川はそれに加えてうたのおねえさんばりに生活面に気を遣《つか》ってるからな。あんな不純異性交遊的な場面を見せて機嫌を損ねてしまったのも何となくわかる。

「……」

何か、振る舞《ま》い方が分かんなくなって来たな……。

高嶺《たかね》の花《はな》に時間を費《つい》やして、挙げ句に惨《みじ》めな思いはしたくないと意識してたはずが、結局何も考えずに接する仲で居続けている。昨日なんか背中にラッキーハグ頂いちゃったし、まだ当分は夏川に入れ込んだままなんだろうな。男ってほんと馬鹿……また気付かずに怒らせたりしないと良いけど。

少し先で百合をおっ始《ぱじ》めた二人を見て、そんな悩みは宇宙の彼方《かなた》の惑星《わくせい》誕生の糧《かて》となった。

教室に戻ると一ノ瀬さんの様子がおかしいと白井さんと岡本っちゃんからも追及《ついきゅう》を受け、一日に四人もの女子から詰《なじ》られるという口撃《こうげき》に、俺は埃《ほこり》だらけの床《ゆか》に沈《しず》んだ。知ってるか……女子からのキツい言葉ってのは男子に対して効果は抜群《ばつぐん》、しかもクリティカル必中かつ残弾《ざんだん》数無限というチート技なんだ。その武器はわざわざホラゲーをノーセーブでタイムアタックをする必要もなく、初期装備だという。姉貴に鍛えられていなかったら今頃《いまごろ》ゆっくりと屋上に足を進めていた。神よ――世の男に鋼の心を。

五限が終わると男子トイレに駆け込んだ。人生で初めて女子の居る空間がつらいと思ったわ……。偶然、同中《おなちゅう》の奴《やつ》とかち合って偏差値《へんさち》中学生レベルの会話で弱りかけた心を修復することができた。このアホみたいなノリも久《ひさ》し振《ぶ》りな気がする。

「あっ」

「ひっ」

「いやなんでよ」

男子トイレを出て声の方を向くと、芦田も女子トイレから出てくるところだった。芦田ってか女子と遭遇《そうぐう》した事に思わずビビって声が出てしまった。それが気に入らなかったのか、芦田はずんずんと近付いて来て俺を睨《にら》み上げた。

「じょしこわい」

「さじょっちの自業自得《じごうじとく》でしょっ」

まさか一ノ瀬さんを気遣《きづか》ってるだけでこんな事になるとは思わなんだ。これからは冗談でも一ノ瀬さんの背もたれになろうとするのはやめよう。冗談が冗談じゃなくなっちまう。

「てか愛ちにもあのくらい優しくすれば良いんじゃないの」

「え、キモくね？」

「まぁ『ぽんぽん使っとく？』は冗談でも最上級だったよ」

「最上級」

いや過言じゃねぇな……冷静に考えなくても同い年の女子にそれはヤバい。一ノ瀬さん以外だったら風紀委員まで話が行った挙げ句に学校、親、警察、果ては姉貴にまで話が行って俺の人生終わってたかもしれない。

「まぁ、愛ちの誕生日を憶《おぼ》えてたのでギリギリかな……」

「お前ね、俺が忘れると思ってんのか」

「思ってないけど……その感じじゃ去年は盛大《せいだい》に祝ってそうだね」

「んな事ねぇよ。誕生日に祝われるのは当たり前だろ？　夏川が誕生日を迎えた、だから夏川は祝われるべくして祝われた。ただそれだけの話よ」

「じゃあ去年の誕プレ何あげたの」

「ネックレス」

「重っ」

いや重くねぇだろ。夏川にネックレスだぞ？　あの美貌《びぼう》をもってすれば美しい鎖骨《さこつ》をネックレスのチェーンで隠すべきであって、本来は人が服を着るのと同じように夏川は襟《えり》の隙間《すきま》からチラリと見えるデコルテを隠すべきなんだよ。中学時代から俺のねじ曲がりそうな性癖《せいへき》はいつだってあのデコルテが正してくれた。誰か俺を処刑《しょけい》してくれ。

「去年ってまだ中学生でしょ……？　うわぁ、絶対扱いに困ったでしょ………」

「うわぁはやめろよ……まぁ、実際困ってたっぽいけど……」

逆に何で迷惑《めいわく》に思われるって考えなかったんだろうな。かけたお金の量イコール愛の重さみたいな価値観だったんかな……危ねぇ危ねぇ。去年の夏川の引き攣《つ》った顔を今さらながら思い出したわ。あれはさすがにさせたくない顔だな……今年はそうはなるまい。今の俺なら大丈夫だ。

「で、今年の誕プレは去年から考えてたって？」

「ちょっと前までは、な。さすがにあんなもん買えねっつの」

「何を買うつもりだったの……」

　来年は高校生――だからブランド物だって買えるはず、というのが少なくとも中学卒業時の俺の見解だった。ゾッとするのがほんのちょっと前まで同じ考えだったような気がしないでもない事。燃え上がる恋ってヤバいな、人を狂《くる》わせる。自分のレベル感が分かるようになって良かった……。

「じゃあ今年はもうちょっと落ち着いたのを買うんだ？」

「まぁな。さっきも言ったけど、夏川との関係もあるし」

「う、うーん……それはそれで……」

　何だよ、良いじゃんか別に。安過ぎず高過ぎずの物を準備するってめっちゃ難しいんだぞ。下手にパッと高いもん買うより逆に愛情こもってるからな。あまり俺のセンスを舐めない方が良い。

「ちなみにどんなの？」

「指輪」

「重っ」

　3グラムやぞ。

EX1 ❤❤ ある日の朝

学校のイベントは準備こそ大変なものの、本番当日が近づくほど授業の数が減るから無くなって欲しいとは思わない。お陰様《かげさま》で日ごろ担任の大槻《おおつき》ちゃんから「置き勉禁止！」なんて口酸《くちす》っぱく言われてひいひい言いながら登下校してる通学バッグの中身も軽い軽い。秋も深まって涼しくなって来た頃合《ころあ》い、実はいま最強の季節なんじゃなかろうか。春も良いけど、花粉でぐちゃぐちゃになるからな……。

「～♪」

「やぁ佐城《さじょう》、ご機嫌そうだな」

「……！」

他人に聞こえない程度の大きさで鼻歌を歌いながら校門をくぐると横から勇ましい声が。それも女子の声となると俺の知り合いだと限られた人しか居ない。

「あ、おはようござっす四ノ宮《しのみや》先輩。早いっすね」

「おはよう。これも風紀委員としての務めだからな」

風紀委員長の四ノ宮先輩。校門近くに立って生徒の服装チェックをしている。毎週の事だから、俺もここで必ず絡まれるんだよな。

「聞いたことのあるメロディーだったが、何だったかな」

「ビールのCMの曲ですね」

「……何だか君を粛清《しゅくせい》したくなってきたな」

「い、嫌ですね……別に飲んだわけじゃあるまいし」

「そもそも何で朝の学校でその選曲なんだ……普通もっと他の曲があるだろう」

「ビールの気分だったんです」

「……学習しないな君は」

おっとまずい、四ノ宮先輩の目尻《めじり》がヒクヒクと。ふざけただけで生徒指導室にまた連れ込まれるのはごめんだし、言葉を選ぶとするか。

四ノ宮先輩みたいに姉貴を介《かい》した関係性だと、どうも気を遣う事を忘れてしまう。無意識に姉貴みたいなものだと思ってしまっているのか……四ノ宮先輩には絶対に言えないな。

そもそも無遠慮《ぶえんりょ》だからこそ今まで姉貴から技を掛《か》けられて来たんだけど。おっしゃる通り、どうやら俺は学習できていないみたいだ。

「相変わらず風紀委員の中でも最前線でご活躍《かつやく》のようで。前、昼に会った時に愚痴《ぐち》ってませんでしたっけ？　先輩に覚えられたくてわざと着崩《きくず》す生徒が居るって。もう前に出ない方が良いんじゃないです？」

「そうは言ってもな……学年問わず気にせずに注意できる委員会メンバーは三年生だけだ。特に私は武力制圧も担当しているから下がるわけにはいかない」

「それは初耳ですね……」

マジかよ。もしかして四ノ宮先輩だけじゃなくて他の風紀委員も強い感じ？　生徒会もステゴロに強い姉貴が居るし、この学校の生徒の代表はどうしてこう肉体派なのかね。生徒会はともかく、次期風紀委員長は重圧がのしかかるだろうな。

話してると、四ノ宮先輩が何かに気づいたように俺の後ろを見た。

「む……楓《かえで》」

「げっ……マジすか」

朝は限界までのんびりするわりに準備することが多い姉貴は基本的に俺より遅《おそ》く家を出る。さながらアクションゲームにありがちな後ろから迫《せま》り来る化け物や高波と同じ類《たぐ》いのものだ。追い付かれたら負けだと思ってる。

「～♪……あん？　凛《りん》がうちの弟いじめてら」

「口笛を拭《ふ》きながら随分《ずいぶん》なご挨拶《あいさつ》だな楓。何の曲だそれは」

「バニラのトラックが垂れ流してるやつ」

「お前ら姉弟《きょうだい》というやつはっ……！」

「なに。良いじゃん別に、口笛くらい」

「それだけじゃない！　生徒会の作業中でもないのに何だその腕まくりは！　もう夏服じゃないんだぞ！　あとブレザーの前を閉めろ！」

「閉めて～」

「ええいっ……！　じっとしてろ！」

腕を広げて待機する姉貴の身だしなみを整える四ノ宮先輩。随分と仲の宜《よろ》しいことで。

周囲の女子が色めきたっている。こりゃ俺が居ない方が良いかな。四ノ宮先輩の意識が逸《そ》れている内にさっさと行くとしよう。

◆

教室に入ると、いの一番に目に付いたのは後ろのロッカーに向かって夏川《なつかわ》がしゃがんで荷物の整理をしているところだった。ふむ、しっかりとスカートを押さえていて所作が素《す》晴《ば》らしい。このまま見ていようか――なんて変態じみたことを出来るわけがなく。邪魔《じゃま》

するのも悪いので通り過ぎざまに声だけかけておくことにした。

「おはよ、夏川」

「あっ……わたる！」

「……おお」

立ち上がり、待ってましたと言わんばかりにこっちに体を向けた夏川。予想以上に大きな反応をされて面食《めんく》らってしまう。

「……えっと？　何か用事でもあった？」

「えっ⁉　う、ううん……そういうわけじゃ、ないけど……」

そう言って下を向く夏川。用事があるわけじゃないとすると……間が悪かったのかな。俺が後ろを通過することすら憚《はばか》られる作業をしていたのかもしれない。夏川に限らず、女子って色々ありそうだし。

……ん？

気が付けば夏川の視線の向き先が変わってる。これは……俺のネクタイ？　……あっ。ははぁん？　さてはまた俺がだらしない恰好《かっこう》をしてるんじゃないかと思ってるな？　この前はよれてるところを夏川に直されたけど、あれから気を付けてるからな。もちろん、髪も寝癖《ねぐせ》が残らないように整えてる。もう夏川の手を煩《わずら》わせることも無いはずだ。どうだ、完璧《かんぺき》だろう！

「……」

「夏川……？」

さぁ見ろ！　と仁王立《におうだ》ちした俺に対し、夏川は少し眉尻《まゆじり》を下げて静かになった。あれ……予想とは違う反応だな。「ちゃんとしてるわね」って満足そうに女神《めがみ》の微笑《ほほえ》みを向けられると思ってたんだけど。冷静に考えたら母親に褒められたい子どもみたいな事してんな俺……恥ずかし。

思わぬ自滅《じめつ》に俺も黙ってしまっていると、夏川はハッとした顔になって俺を見上げ近付いて来た。

「……お、おはよ」

「えっ」

ポン、と夏川から俺の左胸へパイタッチ。突然《とつぜん》のセクハラに動揺を隠せない。ボディータッチ多めの芦田《あしだ》でも肩、腕、背中のどれかだと言うのにいきなりそこを選ぶとは……。

「……夏川のえっち」

「なっ……!?」

ニヤニヤしながら身を守るように身体を背《そむ》けると、よほど心外だったのか夏川は大きく狼狽《うろた》えた。すぐに顔を真っ赤にして怒り始めた。

「もうっ……早く荷物置いて来なさいよ！」

「怒るなよ。夏川が俺のおっぱい触《さわ》ったんじゃん」

「いいから！」

　ぐいぐいと俺の席まで背中を押される。どうやら夏川はこういったイジりに弱いようで。好きな子につい意地悪してしまう気持ちが少しわかってしまったな。可愛い。

「──あーいーっ」

「ん？」

　そんな時に聞こえてきた別の声。この声は……芦田か。この溜《た》め具合《ぐあい》から察するに夏川に勢いよく抱《だ》き着く体勢に入ったと見た。しかも夏川の先には俺も居る。

　衝撃《しょうげき》に備えるべし！　衝撃に備えるべし！

「──ちっ！」

「キャッ!?」

「おうッ……!?」

　強い衝撃が俺の背中を襲《おそ》う。それと同時に俺の視界の両側に腕が生えた。衝撃に備えていたおかげか、俺の体は前につんのめっただけで済んだ。良かった良かった。

……あれ？　でもこれ……何かおかしくない？

「んん……？」

「なっ……なっ……!?」

上体を捻《ひね》って後ろを見ると、そこには唖然《あぜん》とした表情の夏川の姿があった。芦田から抱き着かれる事もなく自由の身でそこに立っている。どうやら芦田の飛び付きを上手《うま》く躱《かわ》したらしい。てことは……いま俺に抱き着いてるのは——

「えっ、おまっ！　芦田!?」

「あ、あれ？　これさじょっち？」

予想だにしない状況に今度は俺が狼狽《うろた》える番だった。夏川も驚《おどろ》いているみたいだ。すぐ横で俺の肩に芦田の顔が乗っかっているのが分かった。

「何やってんだよお前……」

「いや〜、愛《あい》ちが避《よ》けるから」

「何で私のせいになるのっ！」

今の状態が分かったところで仕切り直し。おそらく芦田は俺から離れて改めて夏川に抱き着こうと——

「……」

「圭《けい》……？」

——と思いきや、俺に抱き着いたまま黙って動かない芦田。不思議に思った夏川が怪訝《けげん》な顔で芦田を呼ぶ。何だ？　いったいどうした……？

「——さ、さじょっち……思ったより背中大きいんだね」

「は……？」

「あ、愛ちと違う……」

「〜〜っ〜〜」

離れない腕、芦田に似合わぬ小さな声。こいつまさか……。

「——だ、だめよッ！！」

「うわわわっ⁉」

引っ張られるように俺から離れる芦田。思ったより熱がこもっていたのか、俺の空になった背中をひんやりとした空気が撫でた。名残惜《なごりお》しく感じてしまったのはおそらく気のせいだろう。

「だ、ダメでしょ！　男の子にそういう事したら！」

「あ、うん……ごめん」

「そういうのはそのっ……もっと特別な関係にならないとダメっていうかっ」

そこそこ大きな声で芦田を注意する夏川。そのせいか教室中の視線を集めてしまっている。芦田はというと、何が起こったのか分からないような顔で生返事をしていた。

「……」

そんな状況で、俺の中である事が引っ掛かっていた。

『だ、ダメでしょ！　男の子にそういう事したら！』

こ、心当たりあるなぁ……。

そう思って夏川を見るも、どうやら当の本人は自分を顧《かえり》みる余裕《よゆう》は無いようだった。今の状況でそれを指摘《してき》しても火に油を注ぐだけだろうし。まぁ、あれはつまずいただけって言ってたから夏川的にもセーフラインだったのかな……。

「──ぁ……」

一人ヒートアップしていた夏川。ようやく周囲の視線に気付くと、一拍《ぱく》遅れて恥ずかしさが込み上げて来たのか、顔を真っ赤にして俯いた。

「──たし、だけの……」

絞《しぼ》り出すように呟かれた声は、俺には何と言っているか分からなかった。

文化祭を控えた前日、授業は無く文化祭の準備の一日だった。俺たちC組は教室を使って出し物のなぞなぞ大会の準備を進めるものの、文化祭で使う場所は学校全体だ。全校生徒の総力を上げて体育館や他の場所にベンチや長机の運《はこ》び込みが行われた。

「演劇部ってスゴいよね。ステージ作っちゃうんだもん」

「普通はテレビ局みたいに美術さんなんて呼ばないからなぁ。劇をやるにも照明とかマイクとか全部自分達で準備せにゃならんのだとよ」

演劇部の事情は文化祭実行委員会を手伝ってるときに知った。秋真《ま》っ只中《ただなか》であるものの、男は運搬《うんぱん》作業がほとんどだからあっという間に涼しさを忘れる。あらかた済ませたものの、俺を含めた男子は教室に戻るなり黒のTシャツ姿のまま床に転がった。

「何か黒いさじょっちって新鮮《しんせん》かもー」

「腹黒いみたいな言い方すんなよ」

「ダークさじょっち」

「さてはお前手持《て も》ち無沙汰《ぶ さ た》だろ？」

疲《つか》れて女子の目を気にする事もなく壁際《かべぎわ》でくたばっていると、制服に黄色いニット姿という秋一色の芦田《あしだ》がやって来て何の労《ねぎら》いも無く世間話を始めた。くっそどうでもいい事を言いながら俺の腰《こし》を突いてくる。向こうでは野球部マネの橋本《はしもと》が同じく野球部の安田《やすだ》にお疲れー、なんて言いながらハンドタオルを渡して恋愛《れんあい》の波動を撒《ま》き散らしているというのに。ちょ、こそばゆい、あんっ。

夏川《なつかわ》は文化祭実行委員会でおらず、そっちから手の離れた俺はクラスの作業にかかりきりになった。向こうは昼ドラ界のプリンスの石黒《いしぐろ》パイセンが居るから問題ねぇだろ。いや、実際に剛《ごう》先輩ってそんな顔してんだよなぁ……刑事《けいじ》役似合いそうだし、犯人役もこなせそうだし、堅物《かたぶつ》顔だし、ホステスと不倫《ふりん》とかしそう。

芦田は夏川成分が足りないと度々《たびたび》俺に愚痴をこぼしてくる。お前っ……！　んなもん俺だって足りてねぇに決まってんだろっ……いいよなお前はっ、そこに夏川が居たら跳び付けるもんな！　俺には夏川が通り過ぎた後の残り香くらいでしか補充《ほじゆう》できねぇよッ……！

我ながら狂気的と思うだけあって俺の信仰心《しんこうしん》は芦田さえもドン引きさせるらしい。夏川の誕生日の話をして以来、芦田は誕プレの話を一切振って来なくなった。あの時の顔が忘れられない。こいつ絶対タブーにしてんだろ。良いのよ？　別に俺の意見とか参考にしてもらって。

「ねぇ見て見て！　早押《はやお》しボタン、ちゃんと『ピンポーン！』って鳴るんだよ！　すごくない？」

「おー。あれは？　連動してハテナがパカッと上がるハットみたいなやつ」

「ちゃんと上がるんだけどね。勢いでハットごと頭から吹《ふ》っ飛ぶんだよ。首ひも作って試《ため》したらグエッてなった」

「怖っ」

なぞなぞ大会は一回の参加人数が五人に限られてるから、参加者っつっても来校した子どもを想定してるんだよな。たかがなぞなぞ大会で首を負傷させるとか問題しかねぇわ。

うん、ボツで正解。

「じゃあさじょっちに問題」

「いきなりかよ」

割り当てられた仕事が早々に片付いてグダってると芦田から突然の出題。実は最近のクラスの流行《はや》りだったりする。特に女子はなぞなぞを用意する担当だったからかストック数が半端《はんぱ》ない。ここ数日でたぶん二十問は答えてるし、今の俺の頭はふよっふよに柔らかくなってるはずだ。

「キスを千回するイベントってな〜んだ」

「キキキキスを千回……？」

「いや動揺しすぎだから。ぎょっとした目でこっち見ないでよ、怖い」

いやお前、答えを考える以前に問題のインパクト強すぎんだろ。思わず狼狽《うろた》えちまったわ。イッテQもびっくりのイベントだろ。どんなにお祭り男でもさすがにガチの「エーッ!?」が出るから。見たらわかる、ヤバいやつやん。

「……場所はアメリカですか？」

「や、なぞなぞだから。ロケーションとか無いし。別にアメリカのクラブのイベントとかじゃないかんね」

日本じゃ有り得ないけど、可能性が無限大のアメリカさんならあるいは、なんて思っちまったよ。人の力で可能ならどこまでも行きそうだからなあの国は。

「千回……せんかい……旋回《せんかい》？　キスを旋回？」

やべぇ……いつもならもっと頭捻《ひね》って考えられるんだけど動揺のあまり知恵《ちえ》が湧かない。なんか絞った雑巾《ぞうきん》ばりにスクリューしてる唇《くちびる》みたいなの想像しちゃったよ。

「じゃあヒント。キスって他に何てゆーの？」

「接吻《せっぷん》？」

「えー、きも」

「何でや」

訊いたのお前やないかい。え、キスって和訳すると接吻だろ？　フランス風に言うとべーゼ？　別に間違えてないよな？　キモいなんて言われる筋合いないよな？　芦田なりの挨拶だったんだよな？

落ち着け。接吻、べーゼ……を千回。え、千回もすんの？　ダメだ、回数が異常過ぎて頭が回らない。キス魔《ま》のチャラ男だって途中《とちゅう》で投げ出すだろ。キスのし過ぎで唇黒くなりそう。

「ヒントくれ」

「えー、また？　これ子どもでも簡単な問題なんだけど」

子ども相手にキス千回するイベントとか言うなよ。なぞなぞとはいえ本当にあるんだって鵜呑《うの》みにしちゃったらどうすんだよ。夏川的には絶対NGのなぞなぞだろコレ。いや待てよ、夏川レベルのシスター・インフィニティ――略してシスティなら愛莉《あいり》ちゃんからのおねだりをワンチャン期待するかもしれない。うん、してほしい。

「じゃ、じゃあ、その……キスするときってどんな音する？」

「キスの……音だと？」

え、キスってこう……その、そっと触《ふ》れ合う的なやつ想像してたんだけど。そのレベルじゃ音とか出なくない？　キスで音が出るってお前……もう生々しいやつしか思《おも》い浮《う》かばないんだけど。え？　俺の心がアダルトなだけ？　俺はもう大人になってしまったのか……？

「ちょ、何そのちょっと引いた顔。しかも何か恥ずかしいんだけど！　あたしヒント出してるだけなのに！」

「そりゃお前、音の出るキスってどんだけのやつだよ」

「は、はぁっ？　そーゆー意味じゃないしっ。さじょっちの変態っ」

「いやいや、芦田が言ったんだろっ」

「効果音！　効果音だから！　なぞなぞにそんなリアリティあるわけないじゃんっ」

「最初からそう言えよっ、何かもうスゴいの想像しちゃったじゃねーかっ！」

「やめてぇ！　あたしも浮かんじゃうでしょ！」

普段からふざけ合ってる仲だとしてもそこは男女、気まずいもんは気まずい。てか偶《たま》に偉《えら》そうに恋愛観《れんあいかん》語るくせに耐性《たいせい》無さすぎだろ。こんな手ぇブンブン振り回してあわあわする芦田初めて見たわ。

気を取り直して……効果音、効果音ね。それを千回だから……ああ、もう分かったわ。

「あれだ、答えは『抽選会《ちゅうせんかい》』。ちゅーが千回だから」

「正解。さじょっちって心が汚《よご》れてるんじゃないの？」

「俺は芦田が思ったよりピュアで意外だったわ。顔赤いぞ」

「うるさいよ！」

煽《あお》ってみると、芦田はこれ以上顔を見られたくないのか側から逃《に》げ出した。

運動部で強靭《きょうじん》なイメージがあってしかも陽キャの芦田が照れるとかちょっとゾクゾクするな。実は俺Sっ気があんのかもしれない。モテない奴がSとか不毛過ぎない？

◆

「……圭《けい》に何かした？」

「記憶にございません」

午後になると文化祭実行委員会も一段落付いたらしい、戻って来た夏川は文化祭実行委員会で俺も着手してた内容が最終的にどう落ち着いたか話してくれた。途中でさよならってのが少しモヤモヤしてたからすっきりした気分になった。それ以上に夏川とこうして話をできることが（以下略ある程度話すと夏川はきょろきょろと辺りを見回し出す。この仕草はよく見るやつだ。芦田が自分の席に居なかったりする時にどこに居るんだろって捜すときによく見られる。羨ましい、俺も捜されたい。

ついでに俺も気になって辺りを見る。いつもの芦田なら夏川の匂——気配を察知して夏川に跳び付くのが日常の百合。個人的には羨ましいと思う反面、芦田にはもっと思い切ってもらって構わないと思ってる。俺は！　もっと強いのを！　見たい！

捜してみると意外にも直ぐに見付かった。ＭＣ台に見立てた教卓《きょうたく》のところで口を三角にして俺を睨《ね》めつける芦田がこちちの様子を窺《うかが》いながら距離を取っていた。俺に近付かないようにしてるって事はつまりだ、目の前に居る夏川にも近付けないということ。

何かを察した夏川が持ってるクリアファイルの角で俺の腹を突きながら問い詰《つ》め始めたのがここまでの流れ。そんなふうに真正面から訝《いぶか》しげに見上げられるのも悪くな——あっ、チクッて、意外と痛っ、あんっ。

「芦田がなぞなぞで変なヒント出してよ、イジったら拗《す》ねたんだよ」

「何かしてるじゃない」

「痛《い》ちちっ」

芦田の出迎《でむか》えが無かったことが寂《さび》しかったのか、夏川の攻撃《こうげき》の手が強まった。Ｔシャツ越《ご》しのクリアファイルの角が地味に痛い。まさかこんなふうに夏川に痛めつけられる日が来るとはな。耐えろ俺っ……声を上げるなっ……この状況で悦《よろこ》びの声を上げたらなけなしの好感度も地の底を突《つ》き抜《ぬ》けるぞっ……！

「……二人で楽しんでさっ」

「……」

ぷいっと顔の向きを逸らして呟いた夏川。届いた声の大きさはあまりに小さく、俺じゃなかったらまず聞き逃してた。拗《す》ねたような顔で言われた言葉に何て返せば良いか分からない。や、これ返さない方が良い感じか？　やっぱ女子って難しいな……まさかこの短時間で二人も拗ねさせる事になるとは思わなかった。

「じゃあ夏川に問題」

「えっ」

「キスを千回するイベントってなーんだ？」

「……ッ!?　き、キキキッ……!?」

「……へ？」

あまりのインパクトに俺もドキッとしてしまった問題。芦田基準だと別に動揺する事じゃないらしいから夏川に出してみると、びっくりするどころか思った以上に顔を赤くして狼狽え始めた。

「な、何言ってんのよっ……もう！」

「え、ちょっ」

クリアファイルを押し付けるように胸を押される。えっ、と思ったのも束《つか》の間《ま》、夏川は顔をパタパタと扇《あお》ぎながら教室から走り去って行った。

「……えっ」

まだ例のヒントも出してない。それでも夏川には刺激の強いなぞなぞだったらしい。明日の本番で使うなぞなぞリストから外された理由が何となく理解できた気がする。

芦田の方を見ると、ざまぁみろと言わんばかりにあっかんべをされた。

◆

「……ほほぅ」

ちょっと分厚めな文化祭のパンフレットを見て感動する。そんな気持ちとは裏腹に、口からは後方腕組《うでぐ》みプロデューサーみたいな声が漏《も》れ出た。文化祭実行委員会を手伝ったりなんかしたし、結構色んなネタを知り尽《つ》くしたもんだと思ってたけど、思いのほか俺の立ち位置は蚊帳《かや》の外だったみたいだ。

鴻越《こうえつ》高校の文化祭の規模はよその高校と比べると大きい。とはいえ中学時代に行った高校の文化祭はここだけだし、他の高校がどんなものかなんて知らない。それでも文化祭のパンフレットにしてはしっかりし過ぎだし、バラエティー豊富な内容に圧倒《あっとう》された。

一年生は俺たちのクラスみたいになぞなぞ大会や休憩所《きゅうけいじょ》だったりお手軽なものが多いけど、二年生、三年生になるに連れ、より凝《こ》った内容になってるのがよく分かる。三年なんか他の空き教室も使ってカフェやってるし。化学実験室広いもんな。

「はい！　じゃあ今日は明日に備えて早く帰ってね！　寄り道したりしてトラブル起こさないように！」

遊園地に行く前日の子どもみたいにワクワクしてると、教卓に出席簿《しゅっせきぼ》をトントンさせながら担任の大槻《おおつき》ちゃんが釘《くぎ》を刺《さ》してきた。エスパーかな？　何も買うつもりないのにコンビニとかレンタルショップのゲームコーナーぶらりするとこだったわ。

「大槻ちゃんもソワソワしてんじゃん」

「も～！　言わないでよ～！」

山崎《やまざき》から半笑い気味に言われて大槻ちゃんが余計にソワソワしだした。楽しみって言うよりあれは緊張のソワソワだな。何も問題が起こりませんように的なやつ。

こーゆーときに限っていつもと違う事するとロクな目に遭《あ》わなそうだしな……大人しくしとくか。前夜祭がてら遅くまでゲームしようと思ったけど何気にそれが一番リスキーだな。遅刻《ちこく》フラグびんびんっていう。

「——はい、じゃあみんなも気を付けてね。号令よろしく！」

学級委員長こと飯星《いいはし》さんの号令を合図に解散。大槻ちゃんにああ言われても席に着いたまま談笑《だんしょう》する奴、普通に前夜祭がてら「カラオケ行こーぜ」なんて言い出す奴らも居て何かもうドンマイって感じだった。大槻ちゃん眉《まゆ》がピクピクしてんな……むしろ今この瞬間に面倒《めんどう》事が起こりそうなんだけど……よし、さっさと帰ろう。

「じゃあまた明日な、夏川。大槻ちゃん、ヤバそうだから早く帰った方が良いぜ」

「えっ」

大槻ちゃんのキレ方は結構ダルいんだよな……普通に大声で怒るのは良いとして、その週はずっと不機嫌《ふきげん》だと思った方が良い。とにかく長いんだよ。そのくせ何か良い事があってルンルン気分になったと思ったら注意力散漫《さんまん》になってミスして教頭に怒られて俺らに愚痴るっていう鬼《おに》のコンボが決まる。フルコンボだドン！

芦田を含めて部活とかやってる連中はまだする事がありそうだ。そう考えると俺ってマジで役割少ねぇな。今まで生徒会に風紀委員会、文化祭実行委員会とか手伝って来たけど、それ無かったらマジで暇《ひま》な奴だもんな。普通に考えて放課後とか自由なはずの時間を拘束《こうそく》されるの嫌じゃん？　むしろ何でこんなに仕事してんだっていう。

廊下《ろうか》を抜け、昇降口に向かってると色んな話し声が聞こえて来る。カラオケ、ボーリング、前夜祭とみんな自粛《じしゅく》ムード――って、あ、あれ？　意外とみんなエンジョイする感じ？　イベントの前日ってそんなに楽しむもんだったっけ？　もしかして粛々《しゅくしゅく》と直帰して早く寝《ね》ようとする俺の方が異端《いたん》なの？

「――ひ、ヒトカラって近くにあったっけ……」

「いや帰りなさいよっ……」

「のわっ⁉」

昇降口に着いたものの焦燥感《しょうそうかん》に駆られてマップアプリを開いて検索欄《けんさくらん》に〝ヒトカラ〟と入力しようとすると、後ろから急に誰かに話しかけられて思わずサイドステップを踏んでしまった。手元が滑《すべ》って検索欄に〝独り〟と入力されたのを見て悲しい気持ちになった。

誰だ！　俺をお独り様にしやがったのはっ……！

「……えっ？」

「寄り道はダメって言われたでしょっ……」

「お、おう……ゴメン」

「べ、別にっ……謝るほどじゃないわよ……」

え、いや、えっ……？

何で夏川が居んの？　何でちょっと息切らしてんの？　あんまり髪を乱すなよ、艶《なま》めかしく見えるぞ？

推《お》しの乱れた姿に限界を迎えそうになってると、推しはふぅっ、と息を整えてムッとした目で見上げて来た。あれ？　さっき「またな」って言った時はまだ鞄ゴソゴソしてなかったっけ？

「早いな。何か急いでんの？」

「ちがっ、別に……そういう事じゃなくて」

「？」

訊いてみると、夏川は目を逸らしてぽしょぽしょとゴニョりだした。何気なくスマホに目を向けると、〝独り〟の検索先に『Ｂｅｒ　Ｓｏｌｏ』が表示されていた。世の中優しくなったもんだな。いつか世話になるかもしれない、覚えとこ。

画面を閉じてスマホをしまうと、胸に萌え袖《そで》を当てた夏川がやや真面目な顔で見上げて来た。

「一緒に帰ろ？」

「え、うん」

……うん？　え、うん？

いま「一緒に帰ろ」って言ったよな？　すげぇはっきり言われたから聞き間違《まちが》いなはずが無い。もしかして俺はお独り様じゃなかった……？

「……マジ？」

「まじ……何よその確認《かくにん》」

「や、もしかしてそのために急いで来たんかなって」

「なっ……」

あ、やべ。

そう思った頃には時《とき》すでに遅し。おどけたように言うと、夏川はちょっと不機嫌そうになってプイッとそっぽを向いた。こういう相手を見透《みす》かすような事は言わないのが吉《きち》と姉貴から散々学んでたはずなんだけど。成長しねぇな。

「……め、迷惑？」

「んなわけないって。帰ろうぜ」

「何よ……余裕ぶっちゃって」

何が悔しいのか、夏川は少し口を尖らせつつ靴《くつ》を履《は》き替《か》え始める。このままだとスタスタと先を行かれそうに感じて、慌てて俺も上履《うわば》きをシューズボックスに突っ込《こ》んだ。

何だか不思議な時間に感じるな。放課後の生徒で溢《あふ》れる昇降口で、色んな生徒が誰かと一緒に帰ってて、その中で俺も当たり前のように誰かと一緒に帰ろうとしてて、しかもそれが夏川ってのがまた何と言うか。

「何気にちゃんと夏川と一緒に帰るのって初めてだな」

「え……？　今まで何度も……」

「や、何ていうか……今までは芦田が居たり、遅い時間だったりっていうか……ちゃんと、普通に帰るのが初めてだと思って」

それ以外は俺が付き纏ってたり、先回りしてたり、後を付けてたり——あれれ？　おかしいな、〝それ以外〟が不審者《ふしんしゃ》過ぎる……え、マジで何で誘ってくれたの。

「そう考えるとやっぱ不思議だな。どういう風の吹き回し？」

「あ……」

改めて自分の過去の奇行《きこう》を思い出すとな……こんな奴と仲良くしてくれようとしてる時点でつい疑心暗鬼《ぎしんあんき》になってしまう。言ってももう何ヶ月も前の話だし考えすぎなのかもしれないけど。夏川とのことに関してもう傷付きたくないし、その先で傷付けたくもないから。

「だ、だって……」

「うん」

「だって……今日、ずっと圭と話してたって……」

「うん……――うん？」

あれ……？　思ってた答えと違うような……もっとこう、今までの事とか含めた総合的な話であって……あ、今日に限定しちゃう？　そう考えたら……そうか。うん、普通に友達って感じだな。当たり前のように友達感があって動揺通《とお》り越《こ》して冷静になってる。これ絶対後から来るタイプだわ。玄関《げんかん》くぐった瞬間に心臓バクバク言い出しそう。

「なぞなぞとか出し合ってたり……ずるい」

「おー……」

萌え袖の隙間からちょびっとはみ出るお手々にきゅっと俺の右の手首を握られてゆらゆらと揺《ゆ》らされる。思ったより汗《あせ》ばんでいて、湿《しめ》った感触《かんしょく》が伝わって来て生暖かく感じた。

いや過去とかどうでもいいわ。今が一番。やっぱ今を楽しめないと幸せになんかなれねぇよな。過ぎた事なんて覆《くつがえ》せねぇし、相手がそれを気にしてないなら尚更《なおさら》だわ。考えるだけ無駄《むだ》。俺いま超《ちょう》ラッキー。

「夏川」

「ん、なに……」

「指、思ったより細いな」

「──っ⁉」

左手で外した夏川の手先を、親指でなぞってその温《ぬく》もりを確かめる。無抵抗《むていこう》なその感触の感想を口に出すと、ハッと息を吸った夏川が俺の手を弾《はじ》かない程度の速さで手を引いた。ここで気持ち悪いと思われようが、それすら幸せだった。やっぱり俺は何も変わってないのかもしれない。

手を引いてそれを胸元《むなもと》に収めた夏川は何も言わず、戸惑《とまど》った顔で俺を見上げた。遅れて少しずつ顔色に変化が訪《おとず》れる。それは怒らせてしまったからか、それとも──。

「帰ろうぜ」

「……………うん」

昇降口から出て後ろから返って来た声は、とてもか細《ぼそ》かった。

校門を出てから夏川に合わせて歩こうとすると、何かが前と違う事に気付いた。なかなか夏川と足並みを揃えることが出来ない。気になって確かめると、夏川がどこかわたわたとしながら俺の足元を見ていた。これは……俺の歩く速さに合わせようとしてる？

言葉もないまま夏川を観察しつつ、歩道の狭い道に出る。車の通りもある中ちょっとした白線しか無い道で、その端《はし》を歩くしかなかった。前と同じように車道側を陣取《じんど》ろうとすると、夏川が予想だにしない動きを見せて確信に至った。

「あの……夏川」

「な、なに……？」

「俺、愛莉ちゃんじゃないから」

「はぁっ⁉　なにを言ってっ……」

「なにって……俺に歩く速さ合わせたり、わざわざ俺を押し退《の》けて車道側歩こうとしたり……」

「え、え……？」

「ほら」

戸惑う様子の夏川の両肩《りょうかた》を掴んでゆっくり反対側に移動させる。ノリと勢いで触っちゃったけど何も言われないよな……？　肩とか手で払《はら》われたらもう泣くしかないんだけど。

何つーか、細かったな……。

内心ビクビクしながら夏川の様子を窺うと、思ってた反応とは違って放心したようにポカンとしていた。まだ自覚できてないのか、それとも俺の指摘が的外れで愛莉ちゃん関係なしの行動だったのか……。後者だったらどんだけ子ども扱いなの俺。

「あ、ありがと……」

「無意識にそれできるって凄《すご》いよな」

〝お姉ちゃん力〟ってやつなんだろうけど、見ようによっちゃ俺より紳士的《しんしてき》なんだよな。違いがあるとすりゃさっきの夏川みたいに「危ないからこっち！」って感じに退《ど》かすのがお姉ちゃんで、さり気なく車道側を取るのが紳士なんだろうな。

「俺も下の兄弟が居たらイケメンムーブできたんかな……」

「……渉《わたる》がお兄さんやってるのって想像できないかも」

「いやほら、愛莉ちゃんと遊んでる時の俺とか」

「あれはお兄さんって言うより……幼児退行じゃないの？」

「下の子に合わせるとか大人じゃん？」

「年齢《ねんれい》まで合わせなくて良いと思う……」

やだ、全否定されてる……。

別に好きでああしてるわけじゃないのよ？　幼い子どもとの接し方なんて分かんなかったし、だったらもう俺が子どもの気持ちになるしかなくない？　それかもう乗り物とかお馬さんに徹《てっ》するか……。

「親戚《しんせき》の小さい子と接したりしなかったの？」

「俺、親戚の中ですら末っ子なんだよな……」

一人だけ同い年だけど、誕生日的に俺の方が何ヶ月も遅いし……。あいつ、それを理由に会う度に姉として敬えとうるさいし。姉貴に影響《えいきょう》され過ぎなんだよ。

「そう、なんだ……」

「何でちょっとニヤけてんだよ」

「べ、別にっ……ニヤけてない！」

声色からしてちょっと笑ってたんだけど。チラッと見たら何かホクホク顔してるし。絶対微笑《ほほえ》ましい感じになってただろ今。

「真の末っ子舐めんなよ？　小学生時代のお年玉の量エグかったからな？」

「ふっ……そうなんっ――ふふっ」

「ちょっと笑い過ぎじゃないですか」

末っ子あるあるにツボり過ぎだろ。何が面白《おもしろ》いんだこれ。あれか、末っ子の俺が末っ子のメリット語ってんのが面白いのか。末っ子ったってもう高校生にもなると可愛がられたりしねぇからな。もう普通に大人扱いされるからな。どこの親も自分の子で経験してるから「学校はどう？」とか「彼女《かのじょ》できた？」とか絶対訊いて来ないからな。「何も言わずそっとしとくね？」感が強過ぎて逆に気を遣うから。年賀状で成長を見守られるタイプだから。

「明日の文化祭は誰か来るの？」

「いやさすがに。生まれも育ちもここだけど、親の実家も祖父母の実家も全部バラバラで遠方だから」

「え、そうなんだ」

「夏川は？」

「私は……みんな近く、かな。そもそもお父さんもお母さんも一人っ子だし、おばあちゃんが三姉妹《しまい》なくらい？　従兄弟《いとこ》なんて居ないし」

「え、そうなのか」

叔父《おじ》と叔母《おば》だけじゃなくて従兄弟も居ないなんてちょっと考えたこと無かったな……俺なんか数えるのが億劫《おっくう》なくらい居るんだけど。名も知らぬ親戚から年賀状とお年玉送り付けられたりしてたんだけど。

「でも近いとお手軽に集まれて楽だよな」

「え？　集まる……？」

「いや、親戚の集まりとか」

「親戚で集まったりするの……？」

「無い……のか？」

「うん……」

「……え、分からん。これどっちが常識なんだ？　年始とか高確率で招集《しょうしゅう》かかるけど。中三は受験シーズンで行けなかったし、中二の頃に顔出せって言われて行ったのが最後か。

「渉のとこはみんなバラバラなのに集まるの？」

「親父《おやじ》の方の曾祖母《そうそぼ》が大ボスなんだよ。物心付いた頃には逆らえない存在だったぞ」

「そうそぼ……ひいおばあちゃん？」

「そう、ひいばあちゃん。八十歳《さいご》超えのパワフル婆《ばあ》さんな。その下の人数がとにかく多いんだわ」

「へぇ……そうなんだ」

そう考えるとお袋《ふくろ》側の爺《じい》ちゃん婆ちゃん繋がりで集まった事なんて無いな。親戚の人数も少ないし。個別に挨拶したことがあるくらいか。

「何だか羨ましいな……」

「や、多くても面倒なだけだぞ。年賀状めっちゃ書かされるからな」

「良いじゃない。年賀状書くの楽しいし」

「姉貴もちょっと楽しんでる節があるんだよな……マジで女子向きの文化だわ」

「そういう事じゃないと思うけど……」

年賀状に限らず女子って書き物が結構好きなイメージなんだよな。金髪《きんぱつ》ギャル時代の姉貴でさえ足組んで偉そうにペン走らせてたし。マジでハガキとあの頃の姉貴の組み合わせ不釣《ふつ》り合いだったわ。いやグレてねぇじゃん何で金髪なのって感じ。

「夏川の方は？　集まりは無くとも文化祭にとか」

「んん……そんな関係じゃないっていうか……節目節目に会える人達って感覚かな……」

「あー……でも確かに、周りの家の話聞くとそんな感じのが多いかも」

そもそも話聞く機会自体ほとんど無いんだけどな。誰の話を聞いたのかすら覚えてねぇわ。お盆《ぼん》だとか正月に会う人達って意味じゃ俺も同じじゃか。ただ人数が多いだけその節目の数も多かったりするんだよな。冠婚葬祭《かんこんそうさい》とか。

「あ、でもお父さんとお母さんが愛莉を連れて行こうって」

「……！」

「思わず来ないでって言っちゃったな……。私は運営側であまり時間も取れないと思うし」

び、びっくりした……まさかの教室に夏川の両親が登場かと思っちまったよ……。夏川ん家《ち》で一回チラッと顔を見合わせただけのお母様、ロクに挨拶もしてねぇからな。もし来るんだったら気まずいことこの上なかったわ。夏川が俺が付き纏ってた頃の話をしてる可能性もあるし。

「って、そうか。実行委員だと仕事があるから空き時間が少ないのか……そこで芦田と回る感じ？」

「うん、圭と話して予定を合わせて二日目に。来年はもうやりたくないな……」

「三年になるとまた気分が違うんだろうけどな、一年で実行委員はなぁ……まずは楽しみたいよな」

「うん」

　確か実行委員長の長谷川《はせがわ》先輩は立候補で実行委員になったんだよな。そういう先輩も居るって思うとやっぱり学校に対する思い入れが俺たちとは全く違うんだろうな。

「渉は……？　その、二日目は……誰かと約束してるとか……」

「え？　あー……俺は別に」

　なぞなぞ大会のサクラ役とかあるし、何気に一番混むだろう時間帯に入ってるから特に予定は決めなかったんだよな。あ、でも初日はそれ以上に重要な役目があったか。一ノ瀬《いちのせ》さんと一緒に笹木《ささき》さんの案内をするんだった。それだけは忘れないようにしないと。

「二日目は特に無いな」

「そうなんだ……その、それなら……」

　どこか不安そうに見上げてくる夏川。文化祭二日目に芦田と一緒に回る約束をしてる夏川が俺に二日目の予定を訊いて来た。そこまでされて察する事のできない俺じゃない。ましてや相手は夏川。ここで黙って誰が夏川教の教祖と言えようか。

「文化祭で暇とか嫌だし、俺も一緒に付いてって良い？」

「……！　うんっ」

「……っ……」

まぶっ——えっ、眩しっ……！

え、こんな笑顔《えがお》向けてくれんの？　何かこう、俺の中の何かがズンッて消し飛んだんだけど。心なしか左肩《ひだりかた》が少し軽くなった気がする。ちょっと前から夜中に誰かから見られてる気がしてたんだよな。

恐《おそ》る恐る見返す。夏川の屈託《くったく》のない笑顔は日頃《ひごろ》から見せる優等生っぽさが抜けて無邪気《むじゃき》な子どものように幼く見えた。愛莉ちゃんとは違った、どことなく色気の狭間《はざま》に覗かせた一瞬の幼さ。

「——っ」

つぶねぇッ……！　夏川に惚《ほ》れてんのが当たり前過ぎて忘れてた！　中二のあの時、夏川に惚れた瞬間を思い出した。視界全体が一瞬で彩《いろど》られるこの感覚……うわぁ、重症《じゅうしょう》。過去の恋愛を忘れて前に進もうってタイミングで何で惚れ直してんの……。

　ブレザーの隙間に手を入れ、胸を掻《か》くふりをして心臓近くをタップする。その場に棒立ちしたままでこの胸の高まりを抑えられる気がしなかった。多分いま全ての高校生の中で一番不整脈。はぁ……限界化。

「い、いやぁ……そんなに喜んで貰《もら》えるんなら俺も嬉しいわ」

「…………ねぇ」

「あ、そういやパンフ配られたよな。芦田とどこ回るとか決めてんの？」

「ねえ、渉」

「うん？」

「『二日目は特に無い』って、初日は誰かと約束してるってこと？」

　…………うん？

「『二日目は特に無い』って、初日は誰かと約束してるってこと？」

「…………うん？」

思わぬ質問につい返事が遅れてしまった。何も悪いことをしていないのに何故か俺の耳は夏川《なつかわ》からの質問を聞かなかった事にしようとしていた。まさかこの俺が夏川の美声を拒《こば》もうとするとは……。

「初日は誰かと文化祭を回るの？」

意味が分からなかったと受け取られたか、夏川はさらに具体的な質問をしてきた。気のせいかな、イントネーションに違和感《いわかん》はないのに声の抑揚《よくよう》がこの上なく平淡《へいたん》に聞こえる。ふむ……いったん落ち着こうか。正直に言えば良い。俺には何も疚《やま》しいことは無いんだから。

「ああ、初日は――」

いや、ちょっと待てよ？

これは正直に言うべきではないんじゃないか？　俺が夏川や芦田《あしだ》と特別な関係じゃないとはいえ、自分たちと文化祭を回る前日に他の女子と回るなんて聞いて気分が良いと思うか？　否——これは否。女子からすればそこまで気にされていないんだと思ってしまうだろうし、チャラいと思われても仕方ない。それにこれが逆の立場だったら俺だって嫌だし。夏川が知らん男と文化祭を回るとか、自分の意識とは裏腹に勝手に涙が出てきそう。

まぁ、そもそも正直に言う必要もないしな。テキトーにはぐらかしとくか。

「初日はクラスの方で仕事があるからさ。用事があるって意味だよ」

「午後からは？」

「え？」

「なぞなぞ大会のサクラ役、渉《わたる》は午前中だけよね？」

「あ、うん」

何で俺のシフト把握《はあく》してるんですかね……。

予想以上の夏川の情報力に驚く。文化祭実行委員の仕事があるからクラスの出し物は不参加で良いはずなのに、ちゃんとそういうところに気を向けてるとか偉すぎない？　俺だって全員のシフト覚えきれてないのに。

つくづく俺の目は間違っていなかったと実感する。男女に限らず、容姿が整った奴はチヤホヤされて育つ場合が多く勝気なやつが多い。そんな中で容姿も性格も完璧なこの一輪の花を見つけ出した俺は恋愛面で抜群に見る目が良いに違いない。ただモテないだけで。

「すげぇな。クラス全員のシフト把握してんの？」

「え？」

「や、俺のシフト知ってるから」

「！　そ、それはっ……」

「どっかで夏川もMCで参加したら？　佐々木《ささき》も『やりたい』っつってシフトに捻《ね》じ込んでたし」

「さ、佐々木くんが参加する代わりに私が見回ることになってるからっ」

「マジかよ。あいつ、夏川に押し付けやがって……」

「代わりに二日目を丸一日もらえたのっ！　責めないであげてっ」

「わ、わかったよ」

佐々木を擁護《ようご》する夏川に少し気落ちする。クラスの出し物を準備した者同士しかわからないことがあるように、文化祭実行委員同士でしか通じ合っていないこともあるか……にしても佐々木め、夏川と二人だけの秘密たぁ良い度胸じゃねぇか。

「そ、それで？　午後からはどうする予定なの？」

気になるのか、さらに訊いて来る夏川。駄目だったか……自然と話を逸らせたと思ったんだけど。ここまで追及されると何だか反骨心が湧いてくるな……こうなったら俺も何が何でも誤魔化《ごまか》すとするか。本当の事は言わない方が良いし。

「山崎《やまざき》や佐々木とぶらぶらする予定だよ」

「え？　佐々木くん、お昼過ぎまでサッカー部の人たちと回るって言ってたけど」

「あ、あー……そうだった。それで断られたんだったわ。山崎と――」

「山崎くんに訊いたら同じ中学だった人達と回るって言ってたけど……」

「え？　訊いたの？　山崎に？」

「あっ……べ、別にそこは良いでしょっ……！」

え、良くないんだけど。

夏川が山崎に文化祭の予定を尋ねた？　それってつまり、夏川が山崎の予定に興味があったってこと？　う、嘘《うそ》だよな？　あんまり夏川が気に入るようなタイプじゃないって思ってた……！

「だって、そうしないとあんたの……」

「え？」

「な、何でもないっ！」

強い口調で会話をぶった切る夏川。気になるけど、こうなるともう追及することはできない。こうなったら後日、夏川じゃなくて山崎から聞き出すとしよう。

「俺の方はほら、別に佐々木や山崎だけじゃないから。別に仲良くはないけど、偶然予定の合う中里《なかざと》とかさ、一人にならないように固まって回るんだわ」

「……」

「……夏川？」

黙りこくる夏川。気になって見てみると、夏川は疑うような目付きになって俺を見上げていた。

「え、なに」

「嘘よね？」

「えっ」

「頭の後ろ。さっきから擦《さす》ってる」

夏川が指さす先、確かに俺の左手は後頭部を擦っていた。おかしい、か？　何となくこうしてるだけで深い意味なんて何もないんだけど。

「これが……なに？」

「いつもあんたが何かを誤魔化すときの仕草よ、それ」

「えっ」

え、そうなの？

まさかの初耳情報に動揺を隠せない。まさか俺に嘘つくとき専用のモーションがあるとは思わなかった。もしかして俺の本音って意外と筒抜《つつぬ》けだったりするの……？

見つかったセキュリティの脆弱性《ぜいじゃくせい》に肩を落としていると、視線を落とした先で夏川の足が一歩俺に近付いた。顔を上げると、直ぐ近くに夏川の顔。ち、近っ……！

「――女の子？」

「へっ⁉　あ、いや……あっ」

気が付けば頭の後ろに手をやっている俺。言われたそばから同じ仕草をしようとしていた。夏川の細まった目から放たれる視線が痛い。

「女の子なんだ……」

「あ、あの……」

「……」

「……はい、そうです」

駄目だった……。

まさか夏川がここまで食い下がるとは……思えば最初から俺は後頭部をサスサスしまく

っていたのかもしれない。だから夏川も気になって何度も訊いて来たに違いない。

「……誰と？」

「えっと、一ノ瀬《いちのせ》さん」

「……二人きりで？」

「――と、笹木《ささき》さんです……」

「ササキさん？　佐々木くんの妹の？」

「あ、いえ、体験入学の時の……」

「ああ、あの時の……って、あの子まだ中学生じゃないっ」

ちょっと怒った様子で見上げて来る夏川。

確かに女子中学生を連れ回すと考えると字面的《じづらてき》にヤバいものがある。だけど笹木さんは鴻越《こうえつ》高校を目指している受験生なわけで……一ノ瀬さんと二人で笹木さんを学校案内するというのが今回の目的だ。

誤解を招かないよう、慌てて夏川に説明する。

「それはそうだけどっ……」

「いや、あの、」

「……女の子の知り合い、多いわね……」

ちょっと皮肉な言葉尻《ことばじり》とともに、どこか納得できなさそうにふいとそっぽを向く夏川。案の定ご機嫌を損ねてしまったようだ。やばい、どうにかしないと地獄の文化祭を迎えてしまいそうだ。

「……」

「……」

会話が止まってしまう。こんなときに限って頭の中が白くなって言葉が出てこない。おい佐城渉《さじょう》やい、あの頃の軟派《なんぱ》なお前はどこに行った？　いまこそ夏川を喉《のど》が枯《か》れるまで褒めちぎって「俺にはお前しか見えてねぇ」と分かってもらうとこじゃねぇのか。

「……」

無理に何かを絞り出そうとして顔を上げるも、口から吐《は》き出されたのは息だけだった。どうやら俺にこの美少女を喜ばせるテクニックはなかったらしい。そもそもそんなテクニックがあったら機嫌を損ねさせたりしないか……。あれ、急に自信が無くなって来たぞ……一ノ瀬さん達との文化祭すら心配になってきた。

それから無言で歩くこと幾数分《いくすうふん》。せっかく夏川と二人きりで居るというのに居た堪《たま》れなさがＭＡＸになろうとしていた。そろそろ夏川を置き去りに走り出してしまいそうだ。

……いや、夏川を信奉《しんぽう》する俺がそんな事をしてたまるか！　何としてでも笑顔で家に帰ってもらうぞっ……！

「なつか――――」

「あっ……」

「あ……？」

話しかけようとしたその瞬間、声を発した夏川。前方をじっと見てその場で立ち止まってしまった。いったい何だと、気になって俺もその視線の先を辿《たど》る。

「……あっ」

見慣れたT字路。まっすぐ進めば俺の家。左に曲がれば夏川の家。毎日通っているその道も、夏川と二人で歩けば見え方が大きく変わる。

「……」

「……」

あの日そこで起こったのは、一つのつまずきから生じた距離という概念《がいねん》の消失。俺にとっては幸運でしかなかったそれは夏川にとっては幸だったか、それとも不幸だったか。俺は所詮《しょせん》フラれた身――――あまり深く考えない方が良さそうだ。

「夏川」

「あっ……その、渉……」

気を引こうとする時期はとうに過ぎた。だったら俺がするべきことは、夏川が必要とする限り小さな居場所としてそこに居続けること。ずっと笑顔にさせ続けるにはまだまだ男を磨《みが》く必要がありそうだ。気が向いたら頑張ってみるとしよう。

「もう、つまずかないようにな」

「……ぁ……」

少し笑いながら言うと、夏川はあの時の事を思い出して恥ずかしくなったのか、頬《ほお》を桜色に染めてそっぽを向いた。忘れたい記憶だったかー、と残念に思って自嘲《じちょう》してると、そんな俺が鼻についたか夏川がむっとした顔になって口を開いた。

「そんなの……わからないじゃない」

「え？」

強気に言い切る夏川。初めて見るどこか挑戦的《ちょうせんてき》な表情に思わず夏川の顔を凝視《ぎょうし》したまま固まってしまう。

「気付いたときには――もう止まれなかったの」

「……」

にやり。そう形容するにふさわしい蠱惑的《こわくてき》な笑《え》みが俺に突き刺さる。黙らされた、と言い表しても間違ってはいないだろう。開いた口が塞《ふさ》がらない。今の俺はさぞ間抜《まぬ》けな面を晒《さら》している事だろう。

「また、明日ね」

「あ、ああ……」

夏川は俺の方に体を向けながら分かれ道を左へ進む。ふっ、といつもの優しい笑みに変わると、夏川は身を翻《ひるがえ》してあの時のように走って行った。


同じように、俺もその場にしばらく立ち尽《つ》くしていた。

4章 集まる個性

【第四十九回、私立鴻越《こうえつ》高校文化祭――『Ｂｒａｎｄ　Ｎｅｗ　Ｗｏｒｌｄ　〜新たな時代へ〜』――！　ただ今をもって開会します！】

体育館に設置された特設ステージ。その壇上《だんじょう》で文化祭実行委員長の長谷川《はせがわ》先輩がマイクに乗せて明るく開会を宣言するとともに、会場のオーディエンスが雄叫《おたけ》びを上げた。どうでもいいけど真面目な感じの眼鏡女子が振《ふ》り切って明るい声を出してるとこを見ると「あ、可愛い」ってなる。大きい声出すと思ったより萌え声なんですね先輩。

今年の文化祭のテーマは新しさを追求してることからちょっとハイテクな出し物が多い。俺らのクラスは『なぞなぞ大会』を謳《うた》って無線で反応する早押しボタン取り入れたし、頭が飛びそうなからくりシルクハット（※なお、ボツ）も作った。三年生は定番の出し物が多い分、二年生がより未来性を追求した出し物になってる。ミニ四駆《よんく》のレース大会が未来的なのか謎だけど。

皮肉にも準備段階じゃ実行委員会で〝古き伝統〟が障害になったりしたけど、本番のスタートとしては順調な滑《すべ》り出しに思えた。未《いま》だに運営目線になってしまうあたり、夏川《なつかわ》とは別で文化祭実行委員会にまだ思い入れがあるんだろうな。とりあえず成長を見届ける感じに腕組んどくか。

開会プログラムの終了《しゅうりょう》と同時に合唱部と吹奏楽《すいそうがく》部のコラボコンサートが始まる。ここから生徒と来校者は自由行動になる。体育館に残ればこのままコンサートが見られるし、その後は軽音楽部だったりOB会有志によるパフォーマンスだったりが待ってたりする。初手からシフトが組まれてる俺みたいなのはここで退場なんだけども。

◆

「────続いて第二問！　『お風呂場《ふろば》に居る動物ってなーんだ？』」

「きたっ！　カピバラ！」

「違う」

「え、冷た」

隣に座る小学生がゲラゲラ笑う。教室の後方で見学してる父兄《ふけい》の人たちからもクスクス笑われた。ダボついた犬の着ぐるみのフードから顔を出した奴が冷たくあしらわれてる様子が余計に面白いんだろう。

うちのクラスが開くなぞなぞ大会は自分で言うのもなんだけど凝《こ》っている。ポイントはなぞなぞの回答者側に大喜利担当のサクラが用意されること。特別な台本が準備されてるわけじゃないけど、基本的には正解せずにボケる前提で参加する。そして女子のＭＣがそれをイジるというバラエティ番組さながらのシステム。だから参加する子どもや父兄さんに笑われるのは目的に適《かな》ってるってわけだ。飯星《いいほし》さんが何でそのサクラの一人に俺を選んだのかは謎だけど。

「おめでとう。はい、これ景品」

「やったー！」

魔女《まじょ》の仮装をした白井《しらい》さんが小学生の少年にハロウィンっぽく包装されたお菓子を渡す。小学生の少年が嬉しそうにお母さんの下《もと》に戻って行った。ふっ、まだまだ子どもだな。俺だったらお菓子より白井さんを見てしまう。

サクラの俺を含めた五人の参加者で早押し対決して、正解者が出たら景品を渡して直ぐに次の参加者の五人と交代する。そうやって一問ずつ早押し対決をして交代、交代と繰《く》り返す事で参加者が流動的になり、よりたくさんのお客さんが参加できるというわけだ。実は景品のお菓子が一番お金かかったと聞いた。

「ほい山崎《やまざき》、間違ってなぞなぞ当てんなよ」

「間違って当てるってなんだよ。そもそも当たんねぇし」

「それが怖いんだよ」

カーテンで仕切った教室の後ろのバックヤードで、オオカミの着ぐるみを着たサクラ役の山崎が自信ありげに言う。怖いんだよなぁ……なぞなぞに弱いとはいえ、自覚無しに小学生をぶった斬《き》る勢いでドンピシャの正解を出しそうなんだよ。まぁ偶《たま》には有っても良さそうだけど、後でMCの女子勢からチクチク言われそうだ。

「ごめん佐城《さじょう》くん。もっと良いイジり有ったかもしれない」

「あいや、別に良いんじゃねぇかな」

ちょっとシュンとした飯星さんが謝って来た。や、確かに「違う」の一言は中々の切れ味だったけど……お笑い芸人じゃねぇんだからさ……んな事で謝らんでも。どこ目指そうとしてんだよ。そういうとこ真剣《しんけん》になっちゃうあたりクラス委員長っぽさがあるよな。

このなぞなぞ大会の準備を通じて間違いなく女子に何らかのスイッチが入った。きっとこうしてウェーイ系になって行くんだろうな。何でその手の技術が俺の方が上と思われてるのかも謎なんだけれども。たぶん飯星さんは俺の何かを勘違いしてる。

俺、山崎、中里《なかざと》、岩田《いわた》のローテーションでサクラ役をこなすと、午後からは別の四人に代わる。気のせいだろうか、午後担当から三組目にかけてビジュアル面がレベルアップして行く気がする。気のせい、なんだよな……？

「あ、佐城くん……」

「名人。お疲れ」

「め、名人だなんて……」

なぞなぞを用意する担当の一人だった一ノ瀬《いちのせ》さん。他の女子がネットやSNSで拾い集めていた中、自分でオリジナルを三十問作って来るという伝説を残した。俺からすりゃ一ノ瀬さんはまあまあ知ってる方だけど、他からすれば最近可愛くなった謎多き少女。「あれ、一ノ瀬さんって実はスゴいんじゃね？」的な空気になって〝名人〟なんて呼ばれ始めた。心中お察しします。ドンマイ。

「佐城くんからは……いつも通りが良いな」

「あ、うん。ごめん一ノ瀬さん」

俯きながらもはっきり断られてちょっとドキッとする。もしかしたら懐《なつ》かれてるんじゃねぇかと思ってたけど、やっぱりこの前の『さじょっち号乗車事件』で距離が空いたのかな……？　何も無かったかのようにスマホでメッセージ送って何とか気まずい感じは防げたけど、ちょっと壁《かべ》作られちゃったかな……。

「笹木《ささき》さん、午後から来るんだっけ？　昼は食べてから来るって？」

「……」

「………あの、一ノ瀬さん？」

〝名人〟って呼んで恥ずかしそうに俯かれてから視線を寄越してくれない。え、そんなに嫌だった？　俺とか寧《むし》ろ〝名人〟って呼ばれたいくらいなんだけど。そんなに怒るもんかな……。

「………かわいい」

「え？」

「……わんちゃん」

君の方が可愛いよ。

おっと危ねぇ。つい反射で口説いちまうところだったぜ。まったく俺ってやつぁ……こういう軟派なところをどうにかしねぇといけねぇな……！

俺が着る犬の着ぐるみの布地をサワサワして感触を確かめる一ノ瀬さん。綻《ほころ》んだ顔が可愛い。気を付けろ？　やりすぎると今度は俺が一ノ瀬さんをサワサワしちゃうぞ？

最高にキモいな。

「あ。着る？　着ちゃう？　これ着て笹木さんと回る？」

「い、いや……」

　こんなわんころを模した着ぐるみなんて俺が着てても可愛くねぇしな……一ノ瀬さんからは好評だけど芦田《あしだ》からは爆笑《ばくしょう》されたし。俺より一ノ瀬さんが着た方が絶対に可愛い。百人が百人そう言うに決まってる。

「あ、脱《ぬ》がないで。それ着て回ってね」

「へ？」

　笹木さんを迎えに行くため着ぐるみを脱ごうとすると、ＭＣ用のカンペを整理してる飯星さんが口を挟んで来た。何かとんでもない事を言われたような気がする。

「佐城くん、深那《みな》ちゃんと後輩ちゃんと回るんでしょ？　それ着て宣伝しながら回ってよ。ちゃんと『１－Ｃ』って背中に書いてるし」

「えっ、これ次のサクラに引き継《つ》ぐんじゃねぇの？」

「まだ他に二着くらいあるから。一人くらい出歩いても大丈夫だよ。宣伝よろしくね」

「えっ、ちょ……！」

　外しかけた着ぐるみのボタンを元に戻され、背中を押されて教室の外に追い出された。

　急展開過ぎて唖然とする。いや、ちょ、えっ……？　俺行《い》き交《か》う人にどんな顔向ければ良いの……？

「あの、佐城くん……」

「一ノ瀬さんっ……！」

「ひゃうっ……!?」

思わず一ノ瀬さんの腕を掴んで引き寄せてしまう。この状況で一人とかつら過ぎる……！　もう下心とか抜きに一ノ瀬さんには居てもらわないと困る！

「一緒に……視線浴びようぜ……」

「あぅぅっ」

目がくるくると揺れる一ノ瀬さん。混乱が見て取れる。だがしかし是《ぜ》が非《ひ》でも逃《に》がすつもりはない。もともと笹木さん含めて一緒に回るつもりだったんだし、別に良いよな？　な？

「あ、そうだ笹木さん」

そうだ笹木さんだ、笹木さんと合流しよう。そうすりゃこの視線も少しは分散するはず。何せ笹木さんはＪＣのコスプレをしたＪＣだからな。みんながつい見てしまうに違いない。俺も見る。

そうしていると、一ノ瀬さんからスマホの鳴る音がした。

「――あ、風香《ふうか》ちゃん」

「あ、連絡《れんらく》きた？」

「うん……もう来てるらしくて、探してるって」

「え、マジ？　校門まで迎えに行けたら良かったな。今どこら辺に――ん？」

笹木さんの居場所を訊こうとした瞬間、肩をポン、ポンとタッチされる。これはっ……！

この淑女《しゅくじょ》のような所作……無闇《むやみ》に声をかけないという謙虚《けんきょ》さ……間違いないっ、この感じは今まさに話してた笹木さんに違いな――


「――お兄ちゃんどこですか？」


ササキ違いだったわ。

見た目だけは普通の少女。しかしこちらを見上げる瞳《ひとみ》をよく見ると黒々としていて底が見えなかった。真《ま》っ直《す》ぐ見るとその深淵《しんえん》に吸《す》い込《こ》まれてしまうようにさえ思える。そんなサイレント邪王真眼《じゃおうしんがん》を向けてきた本日のゲストは清純派を騙《かた》ったブラコン――佐々木有希《ささきゆき》ちゃんさんです。よろしくお願いします。

「あの、聞いてますか。お兄ちゃんどこですかって」

「有希ちゃん、前に佐々木んちにゲームしに行って以来じゃん。久しぶり」

「お兄ちゃんどこですか」

軽い挨拶を試みてみたものの、やっぱり有希ちゃんさんは有希ちゃんさんだった。どうやら今はそれどころじゃないらしい。ビーグル犬の耳のように伸びる明るい茶髪《ちゃぱつ》が、どこからか伝わって来た風に煽られて俺を急《せ》かすようにパタパタとはためいた。目の上に切り揃《そろ》えられた前髪《まえがみ》が一切揺れないのは一体どのようなギミックが使われているのだろう。俺は日本の技術力に興味を持った。

ハァ……。

「………佐々木はサッカー部の連中と回るとよ」

「え、何で今ため息つかれたんですか？　意味わからないんですけど」

「挨拶くらいしようぜ……」

分かりやすく不満そうに切れ味の鋭《するど》い言葉を吐いてくる有希ちゃんさん。今のとこ会話の八割が〝お兄ちゃん〟なのは正直異常だった。ちゃんと挨拶する分、アルバイト初期の頃の一ノ瀬さんの方がまだコミュニケーション能力は高かったかもしれない。そんなわけで本日のトークテーマはこちら。『ブラコンからの卒業』。命の保証はできません。

「あの……」

「あ、一ノ瀬さん。この子は有希ちゃん。クラスに佐々木って居るだろ？　あいつの妹で生粋《きっすい》のブラコンだ」

「……ブラコン……」

「あっ……」

気まずそうに目を逸らす一ノ瀬さん。その反応を見て気付く、そういえばこの子もブラコンやん……ブラコンのベクトルが違い過ぎて忘れてたわ。まぁでも有希ちゃんと比べて一ノ瀬さんは何というか兄妹《きょうだい》の領域を出ない感じだからな。安心してブラコンしてほしい。

「お兄ちゃんのことをあいつ呼ばわりなんて、何様のつもりですか？」

「クラスメイト様だ。日中一緒に居る時間は有希ちゃんより上かもな」

「は？　喧嘩売ってるんですか」

「買うか？　佐々木に迷惑かかるぞ」

「ぐぬぬっ……」

「〝ぐぬぬ〟て」

露骨《ろこつ》に悔しそうにする有希ちゃん。俺だから良いかもしれないけどこれが一ノ瀬さんだったらとんでもない事になっていただろう。どうやら男友達に関しては問題ないらしい。

問題ない……のか？

悔しいのか、その場で地団駄を踏む有希ちゃん。我《わ》が校《こう》の学《まな》び舎《や》を傷付けるのはお止めなさい。おい、龍が如くみたいな顔すんな。それもうＪＣの顔じゃねぇだろ。

有希ちゃんは俺を恨《うら》みがましく見上げると、一ノ瀬さんを横目に不承不承《ふしょうぶしょう》訊いてきた。

「その人はわたしの敵ですか」

何をもって〝敵〟なのか分かってしまうのが恐《おそ》ろしいところ。ここで敵って言ったらどうなるんだろ……ちょっとだけ気になるけど、一ノ瀬さんが泣いてしまうどころの騒ぎじゃなくなる予感がしたからやめた。

「敵じゃないよ……はぁ」

「二回目。二回もため息つきましたね？　佐城さんは私に恨みでもあるんですか？　もう二度と話しかけませんよ？　メッセージもブロックされたいんですか」

「え、それってもうお役御免《ごめん》ってこと？　定期的に有希ちゃんが訊いてくる『学校での佐々木』は教えなくていいんだ？　やったねっ」

「あっ、待ってください。嘘です。ちょっと、何で喜んでるんですか。そこは普通佐城さんが慌てて私に『やめて』と泣き付くとこじゃないんですか。生意気すぎませんか」

「な・ま・い・き・は、お前だっ」

「んぎゃっ⁉　髪が乱れる！」

堪忍袋《かんにんぶくろ》の緒が切れる、には全く届いていないものの、年上に対するあまりに失礼な態度に可愛がろうとは思わなくなった。ブラコンでヤンデレだろうと容赦《ようしゃ》せん、頭ガシガシの刑《けい》です。

「何てことっ……お兄ちゃんにボサボサの髪を見られたらどうしてくれるんですかっ！」

「そのお兄ちゃんに直してもらえ」

「……！　その手がっ……！」

この子何でデフォルトで暗い目してるのに感情表現豊かなの。顔と挙動が合ってないんですけど。パラパラ踊《おど》るコナンかよ。佐々木が注文したらマジで踊り出しそうで怖い。

「あの、佐城くん……そろそろ」

「だよな。早く笹木さんを迎えないとな。よその家の佐々木さんと遊んでる場合じゃなかったわ」

「は？　いま私とお兄ちゃんの事を遊びって言いました？」

「言ってないけど⁉」

「はぁ……教室には居ませんでしたか。佐城さんもあてになりませんし、私も電話する事にします」

「ったく……あいつも災難だな」

有希ちゃんに絡まれたことよりも、実際の兄貴の佐々木の方が可哀想《かわいそう》に思えて来た。憐《あわ》れみの言葉を呟きつつスマホの画面を見る。笹木さんからの新しい連絡は来ていない。学校に入ったところで右往左往《うおうさおう》して俺たちを探してると思うときゅうっと胸が締《し》め付けられた。無礼でヤンデレなブラコンに構ってる暇なんか無かったんだ。

　無線のイヤホンを耳に着けてスマホの画面を見つめる有希ちゃんを尻目《しりめ》に一声かけておく。

「んじゃ有希ちゃん、俺たち待ち合わせあるから行くわ。佐々木の方は大所帯だし、広いとこに居ると思うからそっち探してくれ」

「待ってください」

「おんっ」

　背を向けながら言うと、脇《わき》の隙間から伸びてきた手に鳩尾《みぞおち》を押さえられて息が詰まった。何その引き止め方……命握られた感スゴいんだけど。武術の一種？　男女逆だったら下乳タッチだったよこれ。セクハラだったよ？

「なに。有希ちゃんなら本気出せば佐々木を嗅《か》ぎ分ける事くらいワケないだろ？　俺いる？」

「私を何だと思ってるんですか。こんな混雑した場所でそんな事できるわけないじゃないですか」

さすがの有希ちゃんでも佐々木の匂《にお》いを辿るのは難しいらしい。まぁここまで人が多いとな――――んん？　あれ、なんかおかしくね？　まるで人が少なかったら出来そうな感じ何なの？　俺も五十メートルくらいの距離感なら夏川を辿れる自信あるから普通に頷きそうになったわ。

「わかったわかった。どしたん」

「お兄ちゃんが私の電話に出ません。どういうことですか」

「クエスチョンマーク付けて訊いてくんない？　何で俺が尋問《じんもん》されてる感じなんだよ。サッカー部の連中と回ってて気付いてないだけなんじゃねぇの」

「いいえ、きっとどこかの女と一緒に回ってるんです。佐城さんと違ってお兄ちゃんイケメンですから。佐城さんでさえ女の子と回ってるのにお兄ちゃんが男の人だけと過ごすわけないじゃないですか」

「その引き合いの出し方なんなの？　悪意しか感じないんだけど。佐々木が野郎と回ってる時に俺が女子と過ごしちゃダメなのかよ。てか兄貴の事そんなに好きなら信用してやれよ」

「私のお兄ちゃんへの愛を辞書にある言葉で片付けないでください。この感情は神にだって定義付ける事はできません」

「ごめんなさい、宗教勧誘《かんゆう》はお断りなんで。行こう一ノ瀬さん」

「は、はいっ……あっ」

「えっ？」

　こうなったら強引《ごういん》に振り切るしかないか。そう思って離脱《りだつ》しようとすると、一ノ瀬さんが前方を見て小さく声を上げた。つられて前を見ると、前方から女子大生が辺りを見回しながら歩いて来るのが見えた。あー……そっちから来ちゃったか。

「えっと……——あっ！　佐城先輩に、深那先輩！」

「笹木さん——え、『先輩』？」

　俺と目が合ってパァッ、と笑顔になる笹木さん。俺も呼び返そうとしたところで、いつもと呼び方が違う事に気付いてドキッとする。前から先輩呼びだったっけ……ときどき揶揄《からか》うように〝佐城先輩〟なんて言って来た事はあったけど。

「アルバイトの時に話すときはいつも先輩って言ってたよ……？」

「え、そうなの……？」

　俺の考えを察したのか、一ノ瀬さんが教えてくれた。メッセージでやり取りはあったけど、お互《たが》いを呼び合う機会はそんなにだったからな……しばらく直接会ってなかったし、もしかすると俺が居ないところで勝手に呼び名が変わってるのかもしれない。一ノ瀬さんなんて名前呼びだし。

……ちょっと待って。アルバイトの時って何。一ノ瀬さん、バイト中に笹木さんと俺のこと話してんの？　何それスゴく気になるんだけど。

「お久しぶりです！　佐城先輩！」

「久しぶり、笹木さん。少し見ない間にまた大人っぽくなったんじゃない？」

「えへへ、この服、今日のためにお母さんと相談して用意したんですよ！」

「もう高校生だな」

笹木さんは美白浜《みしろはま》中学の制服じゃなくて秋っぽい色合いの落ち着いた服を着ていた。さすがに中学生の女子が着る服じゃないとは思ったけど、母親から意見をもらっているなら大人っぽいのも納得だった。

「深那先輩のおっとり姿も新鮮ですっ」

「お、おっとり……？」

「前髪！　いつもはぴっちり分けてるじゃないですか！」

「！　あぅぅ……」

「きゃあっ、照れる深那先輩可愛いですっ……！」

初めて前髪を下ろしてる姿を見せたのが恥ずかしかったのか、一ノ瀬さんは両手で前髪

部分を隠して俺の後ろに隠れた。そんな様子が可愛かったのか笹木さんが興奮したように跳《は》ねる。

ダメだ処理しきれないっ……まず一ノ瀬さん！　隠れる姿が可愛いのは俺も大いに同意だ！　そして笹木さん！　興奮する度に中学生みたいにぴょん跳ねるのはやめなさい！　ここには小さな子どもだって居るんですよ！

よく考えたら笹木さん中学生だったわ……上下の動きが刺激的《しげきてき》過ぎるんだよな。上下の動きが。やめよう、これから一緒に行動をともにするのにこのままじゃマズい。

笹木さんと一ノ瀬さんは俺を間に挟んで鬼ごっこを始めた。くるくる回る度に至る所をボディータッチされて純粋《じゅんすい》に嬉しさを感じた。やっぱり感情隠すのやーめたっ……思春期男子として喜ばないのは逆に失礼だ。たぶんもう一周回ってそれが紳士的《しんしてき》なんだと思う。

「もうっ、そんな逃げないでくだ――あれ？」

「……え？」

笹木さんの無邪気さを見てようやくＪＣと認識《にんしき》して父性を覚え始めた頃、笹木さんが一ノ瀬さんを追い掛《か》けざまに俺の左腕《ひだりうで》をムギュッと抱えたところで止まった。そこで止まっちゃうか……身動き取るなよ俺……少しでも動かしたら過失は俺だぞ。

「もしかして……有希ちゃん、ですか？」

「え、もしかして風香ちゃん？」

え、この二人知り合いなん？

お互いに目を合わせて驚いた様子を見せる有希ちゃんと笹木さん。確か歳《とし》は同じだったはずだし、どこかで知り合っていてもおかしくはないなと思う。同じ読みの姓《せい》だし、その縁《えん》もあってお互い印象が強いのかもしれない。

「え、え、ほんとに有希ちゃん？」

「風香ちゃん……？　え、その恰好《かっこう》……」

「ゆ、有希ちゃんこそ、何か、雰囲気《ふんいき》が……」

……うん？　何か雲行きが怪《あや》しいような……二人とも会えて嬉しい感じじゃないんだけど。恰好に……雰囲気……？　何かおかしいとこある？　俺にとってはどっちもスタンダードなんだけど。

「一ノ瀬さん何か知ってる……？」

「……」

俺の背中から二人を覗き込みながら、ふるふると首を横に振る一ノ瀬さん。不穏《ふおん》な空気を読み取ったのか不安そうな顔で見返して来る。守りたい。父性が止まらん。セノビック与《あた》えたい。

「えっ……⁉　は、はい！　同じ中学で、今は違いますけど去年までは同じクラスだったんです！」

「え……有希ちゃん美白浜中学だったの……」

「何ですか佐城さんその有り得ないとでも言いたげな顔は？　失礼すぎません？　私が美白浜である事に文句あるんですか？　お兄ちゃんの妹なんですよ？　当たり前じゃないですかぶっ殺しますよ」

ギンッ、と見開いた目で見上げられた。怖い怖い……今にも斜《なな》めがけになってるポーチからスタンガンでも取り出しそうな顔だ。もしくは防犯ブザー。人通り多いこの場所で鳴らされて一瞬で退学まで追い込まれそう。

てか、ええ……有希ちゃん美白浜中学だったの……何か、うん……嫌。純白なイメージが崩れる。笹木さんと同じ感じのJCが集まる花園《はなぞの》みたいなイメージだったのに。まさかこんな暗い眼差《まなざ》しのブラコンヤンデレ自称《じしょう》美少女が居ると思わないやん。

「はわわ……有希ちゃんがたくさん喋《しゃべ》ってます」

「ちょ、風香ちゃん……！」

俺に凄みを利《き》かせたかと思いきや、笹木さんにじっと見られて慌て出す有希ちゃん。珍しく感情的だ。不思議と黒々しい目からほの暗さが除かれた気がする。珍しい光景だ。

「なに、有希ちゃんって学校じゃあんまり喋んないの」

「はいっ、クーデレな感じです！」

「クーデレ」

「風香ちゃんっ……！」

まさか笹木さんの口からそんな言葉が出るとは思わなかった……俗世《ぞくせ》に生きる俺に順調に毒されて行ってる気がする。えっ、てか有希ちゃんがクーデレ？　ヤンデレの間違いじゃなくて？　クール要素ある？

今んとこ俺にとっちゃラブコメ主人公の妹に居そうなブラコンの小生意気な小娘《こむすめ》なんだけど。

「え、キャラ作ってんの」

「べ、別に作ってません！　ただお兄ちゃん以外に興味が無いだけです！」

「学校の往来で何言ってんだ」

何人かの老若男女《ろうにゃくなんによ》からギョッとした目で見られた。しれっと全世代コンプリートしてるし。国民のヤンデレ系妹目指せるな。盗聴器《とうちょうき》のジャミング装置がバカ売れしそうな時代が来そうだ。一周回って警備会社の宣伝アンバサダーに選ばれそう。部屋の角に張り付いて目からビームを出すCMなんてどうだろう。

うーん……でもそうか。女子中って事は、学校に居る間は佐々木と無縁《むえん》なのか。それなら何となく有希ちゃんがヘラってない理由も分かる気がする。病的なブラコンの要素さえ取り除いたら確かに他人に興味が無くて生意気なだけだし。

「ふ、風香ちゃんだって……　何その恰好……！　いつの間にそんな大人っぽい恰好するようになったの？　ちょっと前に会ったときは小学生が着るような——」

「わ、わぁぁあ⁉　ストップです！　ストップ！」

慌てて笹木さんが有希ちゃんの言葉を遮《さえぎ》って口を塞ごうとする。パッと見、中学生を襲おうとする女子大生に見えなくもなくてヤバい。

有希ちゃんを黙らせた笹木さんはチラチラと一ノ瀬さんの様子を窺う。俺に対する外聞を気にしないのは多分もう色々バレてるからだと思う。体験入学の時にちょっと聞いたし、一緒にクラフトショップにお出かけした時にも言ってたからな。でも実際にその姿を見られて居ないのが悔しくて堪らない。誰も居なかったら地団駄踏んでた。

「えっと……」

困惑《こんわく》するような目で一ノ瀬さんが見て来た。どうやら状況があまり理解出来ていないらしい。有希ちゃんなんかは初対面だからな。友達の友達みたいなのが突然現れて困るのもしい。

無理はない。多分そういう出会い方が一番苦手なタイプだと思う。

「笹木さんと有希ちゃんは同じ中学で知り合いなんだけど、お互いの意外な一面を新発見して驚いてるらしい」

「……」

そうなんだ、と言いたげに一ノ瀬さんは二人を見つめる。かく言う俺も有希ちゃんのヤンデレブラコンが通常モードじゃなかった事に驚いた。キミ、普段は瞳に光を宿してるんですね……。

見た感じ、名前で呼び合ってこそいるものの毎日一緒に過ごすような仲ではないらしい。何となく仲良く話せる隣のクラスの女子ってところか。このまま流れで一緒に連れて行くと笹木さんが気を遣うかもしれない。ここは共通の知り合いである俺がどうにかしよう。

「じゃ、笹木さんも合流したことだし行こっか」

「えっ」

「有希ちゃんは兄貴探すの頑張って。ナンパされたら暗器でもスタンガンでも鎖《くさり》でも何でも使っていいから」

少し戸惑った顔で笹木さんが俺を見る。

大丈夫、有希ちゃんならきっと一人でもやって行ける。是非とも全力を尽くしてもらいたい。有希ちゃんならきっと法の向こう側まで乗り越《こ》えられると思うから——。

俺たちの冒険《ぼうけん》はこれからだッ……！

「待ってください。逃がしませんよ」

「何で」

がっしりと腕を掴まれた。普段ならふへへと鼻の下を伸ばす女子からのボディータッチ。何故だか面倒くささと一抹《いちまつ》の恐怖感《きょうふかん》しか湧かなかった。後ろの一言が強すぎる……電波が届く範囲《はんい》は逃げても意味がないだろう。俺の運は春先に有希ちゃんと連絡先《れんらくさき》を交換《こうかん》した時点で既に尽きていたのだ。無駄な抵抗《ていこう》はやめよう、俺の手首に手錠《てじょう》がかけられる前にっ……！

「ここでか弱い女子中学生を一人にしようとするなんて正気ですか？　お兄ちゃんなら絶対にそんなことしませんよ？　それに、どこに何があるか分からない校舎を一人で闇雲《やみくも》に探すより、佐城さん達に付いて行った方が効率が良いので私も付いて行きます」

「そ、そうですよ佐城先輩！　さすがに一人にさせるのは……」

「え？　佐々木の行動把握するために校内のマップ把握してるんじゃないの？」

「お兄ちゃんの行動範囲、そんなに広くないです」

さすがの有希ちゃんでも校内のマップを把握しきれてはいないらしい。そうだよな……

バイオハザードだって使うキャラによって全体把握できなかったりするもんな……その気持ちはよくわかる。

「……」

「佐城先輩が嫌そうな顔してます……」

「腹立ちますねこの人……」

我が強く、兄貴最優先の有希ちゃんと居ると厄介事《やっかいごと》に巻き込まれそうだ。一ノ瀬さんと一緒に笹木さんを接待しながら学校を回るというふわふわムードの幸せな時間を期待してただけにガッカリ感が否《いな》めない。あと有希ちゃんが来た瞬間、引率感《いんそつかん》が増したのは気のせいか……ハッ……！　まさか俺も〝引率される側〟って思われてる？　だって一人女子大生だもんな？　引率されたい。

「……まぁ、出し物見ながら笹木さんを案内するか。どのみち色んなとこ回るし、あいつもその内見つかるだろ。そもそも見付けたところで佐々木が拾ってくれるか分かんねぇし。あっ、有希ちゃんの兄貴の事な」

「拾うとはなんですか。お兄ちゃんなら私と目が合った瞬間、佐城さんの魔の手から救ってくれるはずです」

「置いて行こうかしらん……」

「どうどう……」

半分白目になって呟くと笹木さんが宥《なだ》めてくれた。馬のように……ふむ、悪くない。笹木さんならジョッキーの恰好だって似合いそうだ。愛莉《あいり》ちゃんに続いて、是非ともお馬さんになって背中に乗ってもらって走れ走れと――鞭《むち》で、叩《たた》かれる……？　ほ、ほう……？

ゴクリ……。

5章 ♥ ♥ 失踪

「ひゃうううっ……⁉」

「だ、大丈夫ですよー、よしよし……」

わんこの着ぐるみにも慣れて恥を忘れた頃、俺たちは三年生が出してるお化け屋敷《やしき》に来ていた。さすがの恐怖演出に俺の可愛さなんて毛程の癒《いや》し効果も無いらしい。もはや笹木《ささき》さんと一ノ瀬《いちのせ》さんの後ろを付いて回るペットだった。わふん。

血塗《ちまみ》れを装《よそお》った木板がガタンと傾いて、一ノ瀬さんが小さな悲鳴を上げて笹木さんに抱き着く。対して笹木さんもどこかビクビクしながら、一ノ瀬さんの小柄《こがら》な体を抱き締め返した。うしっ、そんじゃ次はペットの番ですかねっ。

「あの――」

「ゴポッ⁉」

耳元から聞こえた声に本気でびっくりして目の前に飛び込む。思わず喉の奥から排水口《はいすいこう》みたいな音が出た。あっぷねぇ……あと一歩のところでマジで笹木さん達に抱き着くところだった……。

二重の意味でドキドキしながら後ろを振り向くと、平気で人を拷問《ごうもん》できそうな眼の少女が立っていた。

「は？　失礼過ぎません？　何ですかその命乞《いのちご》いするような顔。そんな目で私を見ないでください」

「な、何だ有希《ゆき》ちゃんか……ほんとに出たかと思ったわ……」

「命乞いはしなくて大丈夫ですか？」

「生きたいワン」

二階、多目的ホール。普段はガラス張りの窓が中庭に面しているおかげで明るいものの、お化け屋敷と化した今は薄暗《うすぐら》い空間が広がっていた。『未来』をテーマにしているからか人による驚かしは少なく、人感センサーやトラップを駆使《くし》した作りになっていて中々面白《おもしろ》い。たまに何らかの駆動音《くどうおん》が聞こえるのが少し残念だけど、学生の出し物って考えるとかなりハイレベルに思えた。

文化祭実行委員を手伝った結果、その辺の裏事情を知っているから「ははっ、余裕だし」なんてぶっこいてたらコレだよ。お化け屋敷に有希ちゃん設置するとか三年生半端ねぇな。

「お兄ちゃん、範囲内《はんいない》に居ないんですけど……」

「何の範囲内だよ……」

　スマホ画面を見ながら無表情で文句——文句？　を言ってくる有希ちゃん。そんなの俺の知った事じゃないんだけど……。

「有希ちゃん、お化け屋敷怖くねぇの？」

「怖いです、お兄ちゃんが居ない。見てくださいこれ、脚が震《ふる》えてます」

　誰かっ、この中にお兄ちゃん役の方は居ませんかっ……！　ブラコンを拗《こじ》らせすぎたあまりに禁断症状《しょうじょう》が出てるんですっ……！

　このどうしようもないブラコンに名も知らぬ年上の男からいきなり〝君のお兄ちゃんだよ〟と言われる恐怖を与えたい。や、ブラコンとか関係なく怖《こえ》ぇな。お化け屋敷どころか昼間の通学路でも怖ぇだろ。有希ちゃんなら「そうだったんですね」なんて言いながら真顔でそいつに手錠かけてその辺のカーブミラーの柱に引っ掛けそう。

　そもそもお化け屋敷でスマホを取り出すのが論外だ。三年の先輩方《せんぱいがた》に失礼というもの。撮影《さつえい》しようものなら出禁待ったなし。これはさすがにアカンやで。

「スマホ見てないで、少しは楽しんだら——ん？」

　スマホを仕舞《しま》うよう注意していると、有希ちゃんの後ろの道の脇にある苔《こけ》むした岩の側から何かがムクリと立ち上がった。全身を青タイツで覆《おお》った黒子だった。え、青タイツなん？　床がブルーシートで覆われてるから何となくわかるけど……それもう黒子じゃなくね？　一周回って怖いんだけど。

　黒子は俺に人差し指を立ててシーッとすると、有希ちゃんの後ろ髪《うしろがみ》に見覚えのあるスプレーを近付ける。あれはッ……！　エアーサロンパスッ……！

　黒子はエアーサロンパスに一点集中型のノズルをセット！　飛沫《しぶき》が余計なとこに掛からず患部《かんぶ》だけを冷やす効率性を実現！　しかも湿布《しつぷ》じゃないから剥《は》がれて効果を失う事も無くて超安心《ちようあんしん》！　そう！　エアーサロンパスならね！

　そこだッ……！　やれぇッ！！！

「そ、そもそもですねっ……私はお兄ちゃんと楽し――んぎゃっ⁉」

「おぎゃッ⁉」

「さ、佐城《さじよう》先輩……⁉」

　シュッ、というスプレー音と共に有希ちゃんが発泡《はつぽう》スチロールが擦れるような鳴き声を上げて前に跳び出し、俺はパッツンアタックを顎《あご》に食らっておぎゃった。

「だ、大丈夫ですか⁉」

「う、うおぉ……」

　無いなった……？　俺の顎、無いなった？

なんて焦りつつ口をあむあむして顎が外れてないか確認。触ってみると確かにそこに顎はあった。感覚もあるし、どうやら外れてもいないらしい。良かった。

前を行っていた笹木さんと一ノ瀬さんが慌てて戻って来る。手を借りつつ前を見るとエアーサロンパスの黒子は既に居なくなっていた。何だよそのプロ根性《こんじょう》……絶対その辺の死角に四《よ》つん這《ば》いになって隠れてんだろ。

「有希ちゃんは……？　パッツン大丈夫？　ちゃんと水平線保ててる？」

「あ、あぅ……お、お化けっ……お兄ちゃんっ……」

「え、お化け……？」

思っていたのと違う反応。床に伏《ふ》せる有希ちゃんは涙目《なみだめ》でエア佐々木《ささき》に手を伸ばして助けを求めている。あれ……これもしかして余裕無さげな感じ？　有希ちゃんくらいになれば「お化け屋敷？　こんな子ども騙《だま》しの何が面白いんですか？」なんて言いながら襲いかかって来たゾンビ役を迎撃《げいげき》しそうなイメージだったんだけど。

「有希ちゃん……もしかして怖いんじゃないですかね……？」

「……」

笹木さんの言葉にわかるわかると何度も頷く一ノ瀬さん。すると二人とも期待するような目で俺を見てくる。なるほど……有希ちゃんも人の子、つまりはそういう事か。なんだ、可愛いとこあるじゃんか。普段からそうやって弱みを見せていれば佐々木も素直に可愛がってくれるというのに。ここは二人の期待に応えて最年長の俺が安心させてやるとしよう。

「有希ちゃん、ほら、さっさとお化け屋敷から出て佐々木に会いに行こっか」

「触らないでください」

ペチン。そんな音と共に俺の手は弾かれ、有希ちゃんはまるで何も無かったかのように立ち上がって歩き始めた。ははっ、何だ元気じゃねぇか。

「コォォォ……」

「あのっ……佐城先輩、そのっ……」

「……っ……」

練り上がった氣《き》が功夫《クンフー》となって俺の内なる力を呼び覚ます。人を――いや犬を捨て、修羅《しゅら》に生きようと覚醒《かくせい》しようとしたところで視界に慌てた様子でわたわたしてる一ノ瀬さんの姿が映った。大型犬に躾《しつけ》をする幼女の姿が頭に浮かんだ。

何か笹木さんも申し訳なさそうにしてるし……そんな顔を見てしまったら怒るに怒れない。

「はぁ……ま、ご機嫌取ろうとするだけ無駄か」

ブラコン過ぎる有希ちゃんとクーデレだという有希ちゃん。二面性があるって事は裏表

があるって事だ。誰かに隠したい顔があるのは外聞を気にしてる証拠《しょうこ》。佐々木だけが全てじゃないって事だ。さっき見せた〝弱み〟は有希ちゃんにとって失敗だったのかもしれない。年上に甘えるには俺じゃ力不足だったらしい。まぁ有希ちゃんならそうだわな……納得したわ。

「早くお兄さんに会わせてあげたいですね……」

「笹木さんがそういうなら……優先するか」

本当なら笹木さんを案内がてら楽しませるのが目的だったけど、本人が有希ちゃんを心配するならやむを得まい。俺が有希ちゃんの機嫌を取れるとは思えないし、付き合うとするかね。

◆

「次は校庭行こっか。出店やってるし、ついでに昼とろうぜ」

「……あ、たい焼き」

「俺はポテトかな。色んな味があるらしい」

廊下の端で文化祭のパンフレットを広げて話す。笹木さんと一ノ瀬さんが自分の分を広げるわけでもなく、両サイドから俺の手元を覗き込んで来るからちょっとドキドキする。

一ノ瀬さんはたい焼きの出店を見つけてテンションが上がったのか、パンフを持つわんこな俺の前腕《ぜんわん》に両手をかけて見ていた。やめな？　惚れるぜ？

一方で正面でムスッと腕を組んで人差し指をトントンさせてる有希ちゃん。時間が経《た》つに連れて感情的になっていくな……長時間タバコ吸ってない喫煙者《きつえんしゃ》かよ。佐々木の依存性《いそんせい》どうなってんの。

「佐々木も居るかもな。サッカー部の連中で回るっつってたから大所帯だろうし、校舎内よりかは外にいるだろ」

「む……！」

文化祭の出し物なんて本来は来校者向けであって、在校生で楽しむものでもないからな。男子なんかはそれらを楽しむより〝文化祭の日に集まって騒ぐ〟のが醍醐味《だいごみ》だろうし、校舎の外のその辺に座ってダべってそうだ。

ド田舎《いなか》の何も無い場所を長時間歩いてコンビニを見つけて「やった……！　タバコが買える！」と言わんばかりに目を輝《かがや》かせて顔を上げる有希ちゃん。とても中三とは思えない。そもそも佐々木に似て背だけなら夏川《なつかわ》より高いからな。黙っていれば全然サバ読めそう。

「……良いでしょう。佐城さんの意見を支持します」

「お手並み拝見、てところか……」

「腕がなりますねっ……！」

「たい焼き……」

行くワン。

◆

『未来』をテーマにした文化祭。とはいえそれを出店にまで要求するのは無理があったらしい。外装をどこか宇宙っぽくしているもののその実、売っているのはポテトや季節外れのかき氷などの定番のお手軽グルメだった。仕方ないよな、夏祭りとか初詣《はつもうで》でお参りしたときにある出店って昔からずっと変わらないイメージだし。

「美味《うま》い？　一ノ瀬さん」

「おいひっ……」

きゃわわ。

分かりやすく嬉しそうにする一ノ瀬さん。読書しかり、目の前のものに集中しがちなタイプなのかめっちゃ素直な感想が返ってきた。何なんだろうなこの感覚は……法律、科学、世の理《ことわり》――その全ての理屈《りくつ》の総力を結集したところで俺は一ノ瀬さんの父親にはなれないんだな……くそっ……くそっ……。

「クレープもおいひーですっ！」

「この生地《きじ》ちょっと分厚くありません？」

「もちもちしてて良いじゃないですか！」

一ノ瀬さんの真似《まね》をしてわざと舌足らずな感想を言う笹木さん、可愛《かわ》ひー。同じクレープを食べてる有希ちゃんもケチ付けてる割にはパクパク食べてる。たぶん本当に不満だったらもっと辛口《からくち》評価してんだろうな。まぁクレープ屋って言っても素人《しろうと》お手製のものだし、そこはご愛嬌《あいきょう》。確か保健所の基準クリアして売り出すのがもう難所だったんだよな……形になってるだけマシだと思う。

有希ちゃんが目をカッと開いた。きっと今〝サーチアイ〟を発動したんだと思う。半径五十メートル以内に佐々木が居た場合、有希ちゃんの目が強調表示《ハイライト》されるんだと思う。何だろうな……四ノ宮《しのみや》先輩ん家の精神うんたらの道場より有希ちゃんに弟子《でし》入りした方がよっぽど便利な能力《ちから》を身に付けられるような気がする。

「あっちかな」

有希ちゃんじゃないけど、サッカー部が団体様で行動してるとなると佐々木の行動範囲も予測できる。昼時でみんなで纏《まと》まって落ち着ける場所と言ったら中庭しかない。

「わぁっ……！」

笹木さんが感動したような声を上げた。体験入学の時には見られなかった中庭の賑《にぎ》わい。いつも以上にベンチが設置され、この日のために綺麗《きれい》に整えられた芝生《しばふ》の上に座って多くの来校者が談笑する光景はさながらセントラルパーク。ごめん盛った、大学のキャンパス。実際そういう雰囲気に近付ける意図があるらしい。

一ノ瀬さんはあまり人が多いのはノーセンキューなのか少し居心地《いごこち》が悪そうだった。ここがセントラルパークだったとして、誰も居ない中、一人でポツンと座って読書に耽ける方が確かに様になってるような気がする。あれ、もしかしてこう思うのって失礼……？ビンタしていいよっ。

「むむむむっ……――むっ」

「お、あの集団は」

「有希ちゃんのお兄さんですか？」

「……？」

遠方に見覚えのあるサッカー部の連中を発見。たぶん俺じゃなくてもサッカー部ってわかると思う。謎のそれっぽさがあるよな。野球部の次にわかりやすい。ちなみに坊主《ぼうず》で日焼けしてんのが野球部、坊主で色白が剣道部《けんどうぶ》、髪があって細身で日焼けしてんのがテニス部。イケメンの集団を従えたヤンキー女がいれば生徒会だ。

「……わんこさんだー！」

「犬が歩いてる……」

中庭の道を闊歩《かっぽ》すると、近くのベンチに座ってる女の子が俺に指を向けてキャッキャと喜んでいる。手を振ってあげると、女の子は嬉しそうに隣に座る私服の若奥様《わかおくさま》に笑顔を向けていた。

へっへっへっ……どうやら今の俺は人気者らしい。ごめんな一ノ瀬さん、俺というスターの近くに居るせいでみんなから注目されちゃうな？　まぁ希少種の犬でも連れて散歩してるとでも思ってくれ。最悪リード付けて歩くから。

周囲の注目を集めて優越感《ゆうえつかん》に浸《ひた》りつつ、佐々木に自慢《じまん》してやろうとサッカー部の連中に近付く。そこで違和感に気付いた。

「なんだお前――――って、確か……佐城だっけ。なんだその格好。エレクトリカルパレードかよ」

「あ、須藤《すどう》」

佐々木と同じサッカー部一年の須藤。俺にとっては〝友達の友達〟くらいの感覚。何回か佐々木も居る場で喋ってる。特段、仲が良いわけでもないけど俺が夏川に付き纏ってた変な奴って事は理解してると思う。

「佐々木は？　サッカー部のみんなと固まってると思ったんだけど」

「あいつなら……ハァ」

「……くそっ……」

「え、なに……？」

佐々木の名前を出すと、どこか疲れたようにため息を吐く須藤。横に居る喋った事の無い奴も悔しげに嘆《なげ》いた。他の連中もみんな同じ反応。え……なに、佐々木死んだの？　巨《きょ》悪《あく》に立ち向かったものの敵わなくて無念に果ててしまった？

「佐々木なら同じクラスの女子に連れてかれたよ」

「なにっ」

「――――……」

特に妬《ねた》みも無さそうな一人が普通のトーンで教えてくれる。

思わず少年漫画の解説系キャラが敵の特殊《とくしゅ》な攻撃を初めて目の当《ま》たりにしたときのような声が出てしまった。この内側から湧《わ》き出る憎悪《ぞうお》……どうやら俺もダークサイドに堕《お》ちてしまうときが来たらしい。羨ましい。くそっ……。

「……なぁ、佐城ってモテんの？」

「え？」

「C組の夏川さんにフラれてたのは知ってっけど……何だかんだ女子とよく居るよな」

須藤の目線が俺の周りを見た。左隣《ひだりどなり》には笹木さんが、右後ろでは一ノ瀬さんが俺の背中を盾《たて》にして隠れていた。や、まぁ、確かに今日は女子数人に対して男が俺一人っていう役得だけど、そもそもこれは笹木さんを案内するという名目があるわけで、決してモテているというわけじゃなくてですね……。

「ハァ……俺も何かコスプレしよっかな……」

「コスプレ言うな。着ぐるみと言え着ぐるみと」

別に俺自身を犬に近付けようとしたんじゃねぇから。ゆるキャラ的な狙いでC組の宣伝を兼《か》ねて着てるだけだから。ちょっと遊園地ではしゃいでる感出ちゃってるのは否めないけど。

「──ねぇ、大丈夫？」

「ん……？」

須藤に向かって奇妙《きみよう》な冒険のポーズをしてると、さっき佐々木の行方《ゆくえ》を教えてくれた奴が須藤の後ろから覗き込んで来た。

「何が？」

「女の子一人、どっか行ったけど」

「え……？」

　後ろを振《ふ》り向くと、そこに有希ちゃんの姿は在らず。代わりに地面と深めのキスを決《き》め込《こ》んだクレープの三角部が俺に銃口《じゅうこう》を向けていた。少しでも身動きを取ればボーロで撃《う》ち抜《ぬ》かれそうだった。

「えっ、あれっ⁉　有希ちゃん⁉」

「い、居なくなってますっ……！」

「……っ……」

　三人で辺りを見回すも、ちょうど人通りが多くなっていてよく分からない。しばらく辺りを見続けたものの、結局有希ちゃんの姿を捉《とら》えることはできなかった。

『――佐々木なら同じクラスの女子に連れてかれたよ』

「やべぇ！」

　有希ちゃんはブラコンを自覚してもいるから狂気的に見えて実は冗談混じりの部分もあったと思う。でもクレープを落として向かうほどだから衝動的《しょうどうてき》に動いたに違いない！　やべぇ……こうなったときに有希ちゃんが何をやらかすか予測できない！　だから佐々木の学校生活を定期報告する時も夏川の名前は一切出さなかったんだ！

「有希ちゃん捜すぞ！」

「は、はいっ！」

「……っ……！」

◆

笹木さんや一ノ瀬さんを連れて走って有希ちゃんを捜すには無理があった。一ノ瀬さんの体力面を気遣うのは当然として、笹木さんが走るとそれだけで対象年齢が十五歳以上になる。真正面から三回くらい見た俺が言うんだから間違いない。

そんな事情もあって二手に分かれ、俺は一人で校舎内を走った。本来なら笹木さんを学校案内するのが目的だっただけに申し訳なく思う。でも、問題が起きかねない以上そっちを優先するしかなかった。

有希ちゃんなら執念《しゅうねん》で佐々木の下《もと》に辿《たど》り着くはず──そんな謎の確信があって佐々木を探した方が早いと思った。

あいつは女連れ──比較的《ひかくてき》カップルが回るような場所に向かったのかもしれない。そう思って中庭近くのピロティーから生徒会室に通じる階段を駆《か》け上がって家庭科室のある南棟《とう》に飛び込んだ。確かそっちじゃ『お絵かきクッキング』なんて出し物をしてたはず。紙に絵を描《か》いて専用の機械に読み込ませると、その形のクッキーが勝手に焼き上がるらしい。柄《がら》も描《えが》けるとか。

近付くとクッキーの香《こう》ばしい匂いが漂《ただよ》って来た。やだ、何この良い匂い……佐々木の事なんて忘れそう。俺の犬としての本能がエサを求めてる。いま夏川から「伏せ」と言われたら息をするように従ってしまいそう。

「――あっ」

聞こえたのはそんな一文字。窓の外から家庭科室の中に向けていた目を正面に向けると、あーんと口を開け、今まさに猫《ねこ》っぽい形のクッキーを口に運ぼうとしてる美少女と目が合った。クッキー、そこ代われ。

6章❤一枚だけ

俺と目が合って少し目を泳がせた後、はむっとネコ形のクッキーを咥《くわ》えた夏川《なつかわ》。そのままモソモソとネコさんを含《ふく》みきった夏川は小さく咀嚼《そしゃく》を始めた。動画撮《と》りたい。何なら既にポケットの右手はスマホの撮影画面を開いている。

「……っ……！」

あまりに見過ぎたか、夏川は恥ずかしそうに両手の先で口元を押さえて俺に背を向けた。はい可愛いー。すぐそうやって俺をキュンキュンさせるー。俺的急上昇《きゅうじょうしょう》トップー。現在RTの勢い順1位です。

呑《の》み込んだのか、夏川はくるっと身を翻してつかつか音を立てて近づいて来た。心なしかちょっとムスッとした顔だ。やべぇ、ちょっと怒ってる……？

「……」

「わふっ」

無言のまま右手でぽすん、胸に掌底《しょうてい》打ちされた。そんな些細《ささい》な攻撃より、思わぬボディータッチの方に驚いて子犬みたいな声が出てしまった。俺を拾ってください。

「……べ、別にっ……サボってた訳じゃないからっ……！」

「えっ……？」

「か、家庭科部の人に問題ないか訊いてたらクッキーくれたのっ……！」

どこか言い訳をするように言われた。よく見ると左腕に『実行委員』と印刷されたエナメル質の腕章《わんしょう》をしている。腰にはトランシーバーみたいなのをぶら下げていた。文化祭中は見回りがあるって言ってたから、その途中だったのかもしれない。なるほど、本当はお菓子とか食べ歩きできない立場なのか。

「さっきの叩かれたのは……？」

「それはっ……その恰好とか、じっと見て来るのとか、何でひとりで……どこからツッコめば良いのよ！」

「なるほど」

どうやら色んな疑問が不満になって現れた攻撃だったらしい。わかる。こんな犬のなりきりパジャマを着てるような男に食事中の姿を凝視されたらツッコミどころ満載《まんさい》だよな。俺だったら見回り中の文化祭実行委員に突《つ》き出すわ。あれ……俺もしかして今、捕《つか》まってる……？

「何よこれ、なんでこうなってるの……何の犬……？」

「や、犬種までは……たぶんシェパード」

普通に茶色い毛でお腹だけ白くなってるパジャマ――パジャマじゃない、着ぐるみ――の布地を確認するようにあちこちを摘《つ》まむ夏川。せめて犬種くらいオシャレなの言って良いじゃん……ほんとにシェパードを模したかもしんないじゃん……。

「嘘つきなさ――ぁ……」

ジトッとした目で見上げられるも、俺と視線がぶつかった瞬間にハッとした顔になる夏川。俺からパッと手を離すと、一歩下がって自分を守るように片腕《かたうで》を抱《だ》いた。犬姿の俺に肉食性を見出《みいだ》したか……ハハッ、つれぇ。

木枯《こが》らしが吹《ふ》く心に耐えていると、夏川が俺から視線を逸らしたまま尋ねてきた。

「……何で一人なの？　一ノ瀬《いちのせ》さんと、後輩の女の子たちと一緒に回るって……」

「い、いや、それなら今はちょっと手分けしてて――て、あぁッ⁉」

「キャッ⁉　な、なに……？」

やべぇ！　夏川と呑気《のんき》に話してる場合じゃなかった！　いやこっちも人生の糧《かて》として重要だけど！　早く佐々木《ささき》を見付けねぇと有希《ゆき》ちゃんが何をしでかすか分かんないんだった！　探さねぇとっ……！

「夏川っ……えっと、あいつ！　佐々木見てない⁉」

「え⁉　……え、佐々木くん？」

夏川に訊く。もしかしたら家庭科部の方に佐々木と連れの女子が居るかもしれない。家庭科部からクッキーを貰ったってやり取りから、夏川はしばらくこの周辺に居たみたいだし、もしかすると見かけているかもしれない。

「佐々木くんがどうかしたの……？」

「ＭＫ５！（※マジで監禁《かんきん》５秒前）」

「え？」

「やっ、ちがっ、えっと……！」

いけないいっ！　焦るあまり佐々木の危機をこの上なく略して伝えてしまった！　いきなりそんな事を言われても分かるわけがない。とにかく、夏川が佐々木の居場所を知っているかどうかだ。

「さ、佐々木の妹が来ててさ、だからあいつ探してるんだよ」

「そうなんだ……」

落ち着け、慌てても仕方ない。

夏川は佐々木が妹から慕《した》われていることは知ってるかもしれない。けど行き過ぎたブラコンについてまでは知らないはず。今ここで有希ちゃんが問題を起こすかもなんて言って協力してもらうのはさすがに忍《しの》びない。何より夏川レベルの別嬪《べっぴん》さんが佐々木を探してると有希ちゃんの矛先《ほこさき》が夏川に向きかねない。それはリスキーだ。

夏川は白魚のような指先を顎に添《そ》えて少し考えると困ったような顔で俺を見た。

「ごめん、見てないかも……」

「そ、そっか……」

焦るな、落ち着いて探そう。

文化祭と言えば特別なイベントだ。連れている女子は単に佐々木とデートをしたいだけじゃなく、色々と覚悟《かくご》を決めている可能性だってある。もし今日のうちにその想《おも》いが結ばれた暁《あかつき》には、文化祭二日目を恋人《こいびと》同士として見て回る事ができるわけだ。これは、もしかしたら——。

「ありがとな夏川。俺、ちょっと急いでるから」

「あっ、ちょ、ちょっと待ってて……！」

名残惜しさを感じつつ駆け出そうとしかけたところで夏川から引き留められた。結構必死な様子。何それ嬉しいんだけど。俺の中で一気に佐々木の優先度が下がった気がする。

思わずちょっとにやけ顔で振り返ると、夏川はちょっと焦ったような顔で言った。

「そのっ……それ！」

「それ……？」

「その恰好っ……明日も着るの？」

「いや着ねぇよ」

あまりにあり得なさ過ぎて強めに否定してしまった。

誰が好き好んでこんな犬の成《な》り損《そこ》ないみたいな恰好するというのか。可愛い女子どころか別にイケメンでもない俺がこんな恰好し続けたところでどこからも需要《じゅよう》無いし。完全にネタ枠《わく》だし。

「じゃあっ……い、一枚だけ！」

「は……？　いや、ちょ、なにスマホ取り出して……ちょっと実行委員さん？」

夏川がスマホを弄《いじ》りながら慌てるように近寄って来る。俺の前まで辿り着くと、画面を操作しながら立ち止まった。焦ってるのか少し顔が赤い。何が夏川をそこまで突き動かすのか。

……え、夏川と初めての2ショットこの恰好なの？　マジで？　何この嬉しくもちょっと嫌だと思う感情……髪セットしたけど時間が無くて納得いかないまま登校したときみたいな感覚なんだけど。三時間ほどお色直しの時間を頂けませんか。

「ま、まぁでも？　夏川がそこまで言うなら――――」

「そ、そのまま！」

「えっ」

「そのまま！」

言われるがまま止まって棒立ちする。夏川はと言うと、俺の横に並ぶ事もせずそのまま正面からスマホのレンズを向けていた。あれ……夏川さん？　ポジション違くない？　そのままだと俺一匹《ぴき》しか写らないよ？

怒涛《どとう》の展開に付いて行けないでいるとパシャリ。一拍置いて、少し離れてパシャリ。ちょっと待ってください、話が違くないですか？

え、撮った……？　いま撮ったの？　俺単体？　２ショットじゃなくて？

異形の犬と化した俺の１ショット？

「あの――夏川？」

「うん……うん」

「や……『うん』、じゃなくて……しかも一枚じゃなくなかった？」

「全身が入ってなかったの」

「あ、うん」

普通に返されて相槌《あいづち》を打つしかなかった。

あれ、これ俺がおかしいのか……？　女子ってこういうの映《ば》えるとか何とかで自分を入れてセルフィーするもんなんじゃないの？　変な恰好してる俺と一緒に撮って加工してから空間を捻《ね》じ曲げた上でＳＮＳに投稿《とうこう》するんじゃねぇの？　夏川に限っては必要ないかもだけど。

首を傾《かし》げてると、夏川はハッとした顔になって申し訳なさそうに言った。

「えっと、ありがと……急いでるのにごめん」

「いや、まぁ……別に気にしてないけど」

よし、じゃあ気を取り直して。こっからが本番だ。顔を作ろう。五秒もあれば俺史上一番のキメ顔を作れるはず。確か左前からの角度がベストだったはず。中二の頃に探した。

「じゃあ、私も見回りに戻るわ」

「え、終わ――え？」

「また後でね」

ささっとスマホを仕舞うと、小さく手をフリフリしながら離れて行く夏川。最高に可愛い、俺の方こそ撮らせていただきたい――じゃなくて、え、マジで終わり？　２ショット無し？　このワクワク感はどうすれば……俺の心のジェットコースターてっぺんで止ま

ったままなんだけど。

「…………え？」

遠ざかっていく夏川の背中。それと家庭科室から漂う甘い匂いが、俺の記憶に一枚絵となって刻みついた。

◆

はぁ……夏川。嗚呼《ああ》……夏川。

つい後ろを振り向いてしまう。たった数分で俺の心を掴んで去って行った罪な女。後ろ髪を引かれ過ぎて禿《は》げそう。佐々木なんて放っといて追い掛けたい。おやおや？　おかしいな、足が後ろに。

家庭科室のある棟《むね》を回り、西棟に入る。こっちはほとんど来た事が無いから通るだけでも新鮮だ。廊下から覗く教室は心なしか綺麗に見える。具体的には窓枠《まどわく》とかドアに経年劣《れっ》化《か》が見られない気がする。さすが、去年まで学校の資金が重点的に投じられていただけある。かつてこの学校に差別があったのだと、何となく現実味が湧いて来た。

俺は〝東側〟の生徒だけど、こういった設備面の優遇《ゆうぐう》にはあまり嫌悪《けんお》感《かん》を覚えない。実際にそれだけ西側の生徒の関係者が学校側に支援《しえん》してたみたいだし、中には本物の厚意《こうい》もあったんじゃねぇのかと思う。何の見返りもなけりゃ、金持ちだって支援なんかしたくなくなるだろ。現に、今回の文化祭は去年より支援額《がく》が少なかったと聞いてる。

行き過ぎた正義が妥当《だとう》な〝優遇措置《そち》〟まで失くす事になったとしたら、もう何が正しいのかわからない。具体的な内容は何も聞かされてないけど、それが学校ぐるみだったのなら仕方ないとも思った。

「あら、吉野《よしの》。情けない姿ね」

「……」

「ちょっと、吉野。聞いているのかしらっ！」

「……？」

聞き覚えのある声がして振り向くと、そこには目立つ金髪のお嬢様《じょうさま》風な生徒。ハーフの帰国子女で、我らが生徒会長である結城《ゆうき》先輩の許嫁《いいなずけ》。確か名前は東雲《しののめ》・何とか――何とか。名字しか憶えてねぇ……。

見てると、東雲女史と目が合った。すると何という事だろう、俺に向かってにっこりと微笑んだではないか。

しかし東雲嬢が用のある相手は吉野――俺じゃない。視線だけで「うっす。久しぶり。

元気してた？　そんじゃ」なんて会釈《えしゃく》だけしておく。

「ちょっと！　なに行こうとしてるの！　この東雲・クロディーヌ・茉莉花《まりか》を無視する気でして⁉」

「お、おう……」

シュバッと俺の目の前に回り込んで来た金髪お嬢様。ご丁寧《ていねい》にフルネームを名乗ってくれて助かった気がする。小綺麗《こぎれい》な金髪美少女に睨み上げられると身長差があっても迫力《はくりょく》が凄い。ハーフっ娘《こ》怖い……そうだ、さっき呼ばれてた吉野さんに助けを求めよう。

……あ、あれ？

「えっ……と？　吉野さんは？」

「吉野。何を言っているの？」

お嬢様は俺の目を真っ直ぐ見上げて吉野と呼ぶ。おいおいまさか……俺が吉野だと思ってる？　全くっ……人の名前を忘れるなんて最低なんだぞ！　俺の名前は佐城《さじょう》――

「……ハッ」

いや待てよ？　確かこのお嬢様、姉貴のことバッチバチに嫌《きら》ってるんだっけ？　あぶねぇ……つい名前を言うところだった。犬の恰好してて良かったな……制服だったら普通にネームプレート付いてた。

「どうも、吉野です」

「そんなこと知っていますわ。全く……その恰好同様、犬並みの知能なのね」

「むぐ……」

こ、この女ッ………言わせておけば。さすがに最近はヤバいと思って真面目に授業受けてるんだからな！　ノートに板書写すの無駄に達筆だかんな！　内容はっ……まぁ、追い追い。

「そ、それで……？　この吉野めに何の御用《ごよう》で？」

「別に？　目端《めはし》で犬が歩いてたから話しかけてみただけですわ」

「そ、そっすか。そんじゃ――」

「待ちなさい」

「えぇ……」

声の圧だけで制止してくる。吉野、急いでるんですが……。

振り向けばお嬢様は機嫌悪そうに腕を組んでいる。何の優位性があってそんなにふんぞり返っているのか知らないけど、異性に引き留められたら立ち止まってしまうのが男の性。つい従ってしまう自分が居た。

「な、何でござんしょ」

「貴方《あなた》、明日のステージ企画《きかく》はご存じ？」

「……ステージ企画？」

文化祭二日目は校内限定の催《もよお》し物がある。生徒が体育館に集まって特設ステージを使って企画の披露《ひろう》を楽しむ、というもの。当然、文化祭の運営に関わっていた俺はその存在を把握している。部活とか委員会とか、何も入ってない俺は見るだけだけど。

「まぁ……在校生向けのプログラム表に載《の》ってるものくらいは」

「なら、服飾《ふくしょく》部のモデルコンテストについても知っていますわね」

「ああ、要はファッションショーですよね。楽しみにしてますよ」

高校生にもなると自主性が求められるからな、学校側もさすがにイベントの恰好についてはあまり口出しはしないだろう。肌色《はだいろ》成分、期待してます。

「なら、その際は私《わたくし》に投票しなさい」

「え、出るんですか？」

「この美貌をもってエントリーしない理由なんてないわ」

ええ……八百長《やおちょう》じゃん。いや、八百長か？　何の見返りもないのに投票しろと。賄賂《わいろ》より酷《ひど》い気がする。まぁ、別に俺も断る理由は無いんだけどさ。

「てかお嬢、ハーフ顔の金髪じゃないですか。こんなん頼《たの》まなくても優勝狙えるんじゃやないですか」

「当然ですわ。ただ、先輩方には友人票や有名票がありますから、純粋に似合うだけでは優勝する事はできません。私も私のやり方で先手を打っておきませんと。あと〝お嬢〟はやめなさい」

「はぁ」

　そもそもああいうメインを張れるイベントって三年生が主役なんじゃねぇの。一年生や二年生がエントリーしたとして、空気的に三年生が優勝するのが当たり前というか……一年生が優勝狙って良いもんなのかね。

「それで？　投票してくれますの？」

「ああ、まぁ……良いですけど」

　夏川や他の知り合いがそれに出るわけじゃねぇし、純粋に良かった人に一票を投じようとしてたから若干《じゃっかん》の引っ掛かりは感じるけど、別にそこまでじゃない。たとえ相手が高飛車お嬢様であっても「私を選んでっ！」なんて言われたからには投票するのに吝《やぶさ》かではないからな。細かいことは考えなくて良いか。

「そ。ならもう良いわ。お行きなさい」

「えぇ……」

シッシッ、と野良犬《のらいぬ》を払うがごとく扱ってくるお嬢。高飛車なイメージが既にあったからか怒りは湧《わ》いて来ない。むしろ異世界の価値観に触《ふ》れたかのような新鮮さを覚える。これがっ……社交界！

恐らくここで反抗心《はんこうしん》を見せるのは地雷だろう、そう思って大人しく退散する事にした。そもそも急いでんだよ俺は。

「……ん……？」

去り際、距離を取ってからそういえば、と思って振り返る。

ムスッとしたまま腕を組んでいるお嬢。前は取り巻きっぽいのが何人か居た記憶があるけど、文化祭だというのに一人な事に気付く。あらま、こんな日にぼっちですか。まぁ、ガチでそうならもっと陰気《いんき》な顔してるか。

わずかな同情も、足を速めるうちに消えて無くなった。

7章❤……❤禁じ手

「——え、佐々木《ささき》くん？　さっき戻って来てたよ？」

「えっ？」

あれから小走りのペースで校舎内を駆け回った。

最後に向かったのは屋上。生徒会で管理されてるし、当然開いてないものの、その扉《とびら》の前までは上がる事が出来た。佐々木に限らず、良い雰囲気のカップルが潜んでたらどうしようなんてビクビクしながら覗き込んだものの、カップル一組すら見つからなかった。今夜は気持ち良く眠れそうだった。

佐々木検定五級の俺にはこの辺が限界か。あいつの性格と行動パターンから行きそうな場所を当たったけど他には思い付かなかった。スマホを見ても一ノ瀬《いちのせ》さんと笹木《ささき》さんから連絡は無し。向こうも有希《ゆき》ちゃんをまだ見つけていなかった。途中で芦田《あしだ》にも連絡したけど既読《きどく》すら付かない。まさか……ブロックされてる？

こうなったら自分の勘を頼るのは止めだといったん教室で聞き込みでもしようかと戻っ

たところで、我らがクラス委員長からあっさり目撃《もくげき》情報を得た。

「そりゃだって。佐々木くん、これからクイズ大会のサクラでしょ？　戻って来ないと困るもん。ていうかそれ脱いで」

「あ、ちょっ、飯星《いいほし》さん⁉　ここ廊下！　廊下だから！」

俺の襟元《えりもと》からファスナーをほじくり出そうとする飯星さんを何とか止める。さっさと教室の中のパーテーション裏で着替《きか》えろとの事だった。佐々木もそこに居るみたいだ。

「……そうだったな」

そうだ、佐々木はまだ今日の仕事が残ってたんだった。あんなに探し回らずとも教室に戻ってれば佐々木も自《おの》ずと戻って来るんだったわ。無駄に体力使っちまった……。あの有希ちゃんだし、もし捕まってたら間違いなく騒々《そうぞう》しくなってる気がする。あの野郎、何事も無く普通に女子の誰かとイチャイチャして戻って来たってか？　肩パンくらい良いよな？

「おい佐々木っ――――あ？」

ネズミ、牛のお粗末《そまつ》ななりきり衣装《いしょう》を着込《きこ》んで居心地悪そうにする二人。Yシャツだけ脱いで黒T姿で座る安田《やすだ》。その奥で、佐々木っぽい生命体が呆《ほう》けた様子で椅子に座っていた。

……あれ？　あいつ、女子と一緒に文化祭回ったんだよな？　何であんな落ち込んでる感じなの？　え、もしかして有希ちゃんと鉢合《はちあ》わせした？　事後？　事後なん？　もう監禁されて脱出《だっしゅつ》した後なの？

「……ん、佐城《さじょう》。戻ってきたのか。それ、早く脱いでくれ」

「お、おう……ん？」

え、ちょっと待って。俺の脱ぎたて着るの？

佐々木は何の文句も言わず、俺の温もりに包まれて犬と化した。自分で言ってて背筋に大量の毛虫が這《は》うような感覚に襲われた。一ノ瀬さん達と食べたクレープが胃の中で超反応《ちょうはんのう》を起こしている。今なら口から生クリームを生産できる気がした。

佐々木はと言うとさっきの辛気臭《しんきくさ》い顔は何だったのかというくらいの笑顔でクイズ大会のサクラに徹している。文化祭実行委員のサブで来てるくせに一番人気なの何なの？　俺と同じ恰好してるのにスタイルが良く見えるのは何故だ。俺よりシェパードなのやめろ。

愚痴を言っても仕方がなく、有希ちゃんについて訊こうにも佐々木は手が離せなかった。さすがにこの状況で有希ちゃんが乱入して来る事は無いだろうし、いったん一息つける感じなのかな。乱入して来たらもう佐々木ごと叩《たた》き出して代わるしかねぇ。

制服姿に戻って廊下に出たところで、ポケットのスマホが震えた。

【有希ちゃん、見付けました】

◆

東校舎の裏手側。手入れが微妙《びみょう》に行き届いておらず、草花に覆われたガーデンアーチの通路を抜けると、そこにはいつの頃か通い詰《つ》めていた東屋《あずまや》があった。ちょっと奥さん……ここ、とある事情で立ち入り禁止なんですよ知らないんですか？

苦い気持ちを抱えたまま突き進《すす》むと、円状のベンチに三人の少女が座っていた。有希ちゃん、一ノ瀬さん、笹木さん。一つの空間にＪＣ、ＪＫ、ＪＤの３Ｊが揃っている。オールコンプリート――――間違えたわ。

笹木さんがＤの名を持つ者かどうかは置いといて……校舎裏の人気《ひとけ》の無い場所に女子三人ってこう……良いな。目の保養になる。このまま身を潜めて見てようかな……。

「あ！　佐城先輩！」

「あっ」

駄目だった。

そもそもここまで接近して隠れられるわけがなかったわ。足音が届くかどうかのところで笹木さんに見付かった。俺の中でまだ見ていたいという気持ちと早く見付けてくれて嬉しいという感情がぶつかり合っている……俺のために争うのはやめてっ。

「制服に戻ってる……」

一ノ瀬さんはと言うと、笹木さんとの間に挟まれて座ってる有希ちゃんの手に自分の手を重ねながら俺の姿を見てホッとするように息を吐いた。さっきまでは有希ちゃんに対してどこか遠慮《えんりょ》がちだったのに、少し離れてる間にいったい何が……？

「有希ちゃん、佐々木には会った？」

「……っ……佐城くん」

話《はな》し掛《か》けてみると、有希ちゃんは反応無し。代わりに一ノ瀬さんがムッとした表情で名前を呼んで来た。大丈夫だ、有希ちゃんにとって佐々木はいつだってデリケートだから。いつ話題に挙げても起爆剤《きばくざい》にしかならないから。てか有希ちゃんに訊かないと話進まないし。

「………会ってません」

有希ちゃんは落ち込んで俯いている訳でもなく、不貞腐《ふてくさ》れたように少し先の地面を見つめていた。

うん、これは普通じゃない。俺の知る有希ちゃんは佐々木が傍《そば》に居ないと常に不機嫌なのがスタンダード。一ノ瀬さんの手だって容赦なく振り払《はら》っていただろう。あいつが居ないこの場所で、「お兄ちゃんお兄ちゃんお兄ちゃん」と呪詛《じゅそ》のように吐くわけでもなくじっとしている事に違和感があった。

「えっと……一人で歩いてるところを見つけて」

笹木さんに訊くと、有希ちゃんを見付けたときは普通に一人で歩いていたとのこと。ただ、どこか様子がおかしい事には直ぐに気付いたらしい。今のところ出会ってから様子がおかしいところしか見てないと思うのは気のせいか。まともな有希ちゃんとは……？

「じゃあ――――ん？」

話を続けようとすると、笹木さんが動いた。有希ちゃんからお尻ひとつ分遠ざかる。有希ちゃんと笹木さんの間が一人分空いた。笹木さんは座ったままどうぞと言わんばかりに俺を見上げた。

……え、座れと？　そこに座れと？　向かって左からＪＪＤＪの順に座れと？

おかしい……サクッと話を進める予定だったのに一気に状況が膠着《こうちゃく》した。一人分席が空いたけどそれでも一人分。そこに俺が座ったら両サイドの二人と至近距離になってしまう。あの、もっとゆったりと空間を空けて座るとかどうですかね……。

女子三人がぴったりとくっ付いて座るの、とてもとてもベリー良い事なんですけど、そこに飛び込む勇気があるかと言えば心臓が禿《は》げてる俺にはちょっと難易度が高い。や、飛び込んでみたい気持ちはあるけども。

いつだったか夏川《なつかわ》と芦田の百合《ゆり》ップルの間に挟まれてみたいなんて願望を持った事もあったけどこんな期せずして似たようなチャンスがやってくるとは思わないじゃん？

人生の先輩から一つ言わせてもらうなら、笹木さんはとりあえず有希ちゃん側の気持ちも考えた方が良い。

「………なに突っ立ってるんですか」

「あ、はい」

どうしよう、両サイドからＯＫもらえちゃったわ。俺が先に生きた一年なんて何の意味も無かったんじゃね？　何なら異性との距離感を考え過ぎた俺の方がダサいような……。

女子に挟まれて座るなんて恥ずかしいよぉ、なんて思春期を発動してる場合じゃなかった。有希ちゃんからすれば距離は空いてても真正面からずっと見られる事に抵抗があったらしい。恐怖心《きょうふしん》が俺の羞恥心《しゅうちしん》を上回った。

笹木さんとアイコンタクトを取りながら空いた隙間に座る。う、うおおおっ……今年の運がゴリゴリ削《けず》れて行くのがわかる……！

「……」

「……」

「……」

「……」

ただ密着状態なだけの沈黙《ちんもく》が一拍。断じて今この瞬間を堪能《たんのう》してるわけじゃない。大丈夫、わかってる。この四人で進行役務めるとしたら俺だよな。黙ってる場合じゃねぇわ。

「それで？　何があったの」

「……」

正面を向いたまま訊く。有希ちゃんの方は向かない。この距離で向いたら鋭利《えいり》な何かが俺の腿《もも》に突き刺さる気がした。暗器使いの有希ちゃん相手に下手な真似はできない。

答えは返って来ない。そもそも素直に答えてくれると思ってないから大丈夫だ。だったら、勝手に推測して当てるまで。

「佐々木を探しはしたけど、会わなかった」

「……」

「――でも、見付けはしたわけだ」

「……っ……」

有希ちゃんの反応を見て確信する。

こんな短時間で有希ちゃんの様子がおかしくなる原因なんて佐々木以外に考えられない。だから佐々木を見付けたというのはまず間違いない。おかしいのは、見付けたのにもかかわらずどうして佐々木の傍に居ないのかという点。有希ちゃんなら気にせず突撃《とつげき》しそうなものだけど……。

「……見たことなかったんです」

「……え？」

「お兄ちゃんの……あんな顔」

「……」

う、うーん……話が見えない。とりあえず佐々木が変な顔してたとこまでは理解した。それを見て有希ちゃんは近付けなかった、と。佐々木が女子と一緒に居て初めて見せるような顔か……超デレデレしてたとか？　ぶっ飛ばすぞこの野郎。

「どんな顔だった？」

「佐城くんっ……！」

兄を慕う気持ちから悩みを抱えたという点じゃ一ノ瀬さんも同じだろう。似たような境《きょう》遇《ぐう》もあってか、一ノ瀬さんがすっかり有希ちゃんの味方になってる気がする。

でも、何となく有希ちゃんのは一ノ瀬さんの一件と毛色が違う気がするんだよな……失礼な話だけど、クマさん先輩と違って佐々木はモテる。聞いた話じゃ中学の頃からそれは同じだったみたいだし、自分の兄貴が恋多き存在なことくらい、有希ちゃんも分かってるはずだ。目を逸らしてるんだとしたら、それはいかんことですな。

「女狐《めぎつね》に告白されて顔真っ赤にしてました」

「ちょっと待ってください」

聞き間違いかな？　聞き間違いじゃないいんだよなぁ、きっと。

認め難《にく》い事実についストップをかけてしまった。知り合いの、それもそこそこ話す奴の甘酸《あまず》っぱい話とか内輪ノリでもない限り真面目に聞きたくない。

「はぁ……そうなのね」

「はい……」

「な、何で佐城先輩も落ち込んでるんです？」

「気にしないでください」

あの野郎、ついに告白されやがったか。しかもなに顔真っ赤にしてんだあいつ。お前には好きな相手が居るだろうがこのすっとこどっこい。サッカー部の期待の一年生でイケメンでモテるくせに純朴《じゅんぼく》そうな反応すんなよっ……！　非モテの立つ瀬《せ》が無いじゃないっ……！　マジ東尋坊《とうじんぼう》。

「そもそも、その瞬間見てたのか」

「……」

「その……はい、三人で」

「え、笹木さん達も？」

「向こうの校舎裏に行く有希ちゃんを見つけて追い掛けてみたら……」

「えぇ……」

覗いたのかよ。しかも女子だけで校舎裏とか危ねぇな。一ノ瀬さんと笹木さんを二人にしたのは迂闊《うかつ》だったかもしれない。今度からこの二人と出かけるときはあまり離れないようにしよう……。まぁ、そんな日がそう何度も来るとは——いや、来い。

「あんま褒められた事じゃねぇな……」

「うぅ……すみません。ダメだと思ってはいたものの、目が離せなくなっちゃって……」

「……止められなかった」

笹木さんは生まれて初めての光景に好奇心《こうきしん》を抑えられず、一ノ瀬さんは良識こそあったものの二人を止める強引さが無かった、と。

自分達の方から人の告白現場を覗《のぞ》き見といてこの状況だとあまりフォローのしようがない。そもそも覗かなかったら落ち込むことも無かったんじゃね？　なんて無慈悲《むじひ》な考えはきますか。

乙女心《おとめごころ》を読めていないのだろうか。どうやったら電子辞書に乙女心辞典をインストールで

「てか有希ちゃん、佐々木の告白現場見たの初めてなん？　今までも似たような現場を遠隔《リモート》で見てたんじゃないの？」

「何で遠隔前提なんですか。拾えるのなんて音くらいです」

それは俗《ぞく》に言う盗聴《とうちょう》というやつでは……？

冷静に考えるとそうだ。映像で佐々木を追いかけ回すには手段が限られる。小型ドローンを操作するか、それとも胸ポケットに差すボールペンなんかにカメラを仕込《しこ》むか、事前に佐々木が移動する場所に先回りしてカメラを仕掛《しか》けておくかの三択《たく》くらいだ、難易度が高い。俺はいったい何を冷静に考えているのだろう。冷静かこれ？

「……お兄ちゃんが告白される事は今までもありました。前は中学の頃でしたけど」

「実際に自分の目で見るのとは違った、と？」

「いえ、そうじゃないです」

「え……？」

「前はすぐに断ってたんですよ。『サッカーに集中したいから』とか、そんな理由で。本音は私が居るからだと思うんですけど」

きっとサッカーに集中したかったんだろうな。

聞けば聞くほど一ノ瀬さんのときとは状況が違う。過失の比重というか。こんなにもフォローのしようが無いことある？　強《し》いて言うなら佐々木の反応がちぐはぐなところか。有希ちゃんは知らない話かもだけど、何で夏川に想いを寄せる佐々木が顔を赤くするのかが分からない。

まさか、告白して来た相手は夏川……？

いや、待て、落ち着け、死ぬ。そんなはずは無い。夏川は俺が佐々木を探してる途中に南棟で会った。時系列的に有り得ないし、夏川が自分の仕事を放り出してまでそんな事をするとは思えない。佐々木が超良《ちょうい》い奴になるよう誘導《ゆうどう》して俺自身の意思で夏川とくっ付ける事で心のダメージを減らそうなんて考えたりもしてたけど心の準備がぜんぜん追い付いてない。毛玉吐きそう。

「……うぇ」

「あの……佐城くん？」

「有希ちゃんより顔色が青いですけど……」

「なんでもないです……」

いや傷付くタイミング間違ってるだろ。何この自滅。もはや声ガッサガサなんだけど。

心のダメージでかすぎて草。女子二人に挟まって座ってる贅沢《ぜいたく》な状況で何やってんの？

「うーん……」

夏川のことを抜きにして考えて有希ちゃんから聞いた話と比較すると、俺が知ってる佐々木と少し印象が違うように感じた。少なくとも今のあいつはサッカーに力を全振りしてる熱血野郎じゃない。俺にとっての佐々木と言えばムカつくくらいのバランサーだ。文武だけじゃなく、クラス内での立ち位置とか、現《うつつ》の抜かし具合とか。

「……たぶん、中学時代のあいつと今のあいつの意識の違いだろうな」

「……え？」

「例えば……そうだな。笹木さんも有希ちゃんも、この時期にどっかの男子から告られたらどうする？」

「え、ええっ⁉」

女子である以上、恋愛の話題は好きに違いない。だからといって自分がその立場に置かれる事とはまた話が違うはずだ。まぁ……このタイミングで顔を赤らめようものなら今好きな人が居るって事なんだけど。ついでに教えていただくとしようじゃないか。

「お兄ちゃん……」

違う、そうじゃない。

「う、うーん……今は勉強に集中したいですし、お断りします、かね……」

「そう、二人はいま受験シーズンだ。勉強に集中したいはずだし、恋愛するにしても『高校生になったらきっと……』なんてほのかに期待してる程度だろ」

「な、何でわかるんですか⁉」

「俺もそうだったし。たぶん、他のみんなも」

「あぅ……」

まぁ俺の場合、中学の時点で一方通行の恋愛はしてたわけだけど。それでも〝高校生〟という一つのステータスに彩りある青春を期待していたのは間違いない。現実はあの頃より二、三歩引《ぼひ》き気味なんだけど……もう愛《いと》しのあの子を名前で呼ぶことすら無くなったし。

何でこうなったん？

佐々木は文化祭実行委員会を途中で抜け出すなんて馬鹿をやった。あの秀才《しゅうさい》くんがただサッカー部の部長の命令でそうした、というにはどこか違和感を覚えるものの、その判断の中に〝早くサッカーがやりたい〟という思いがあったならまぁ納得できる気がする。だからってサボるのはふざけんなって感じだけど。

「佐々木の事だし、今もサッカーに向ける熱量は高そうだ。あいつの性格からすると中学の頃は『恋愛なんて自分にはまだ早い』なんて言って遠ざけてたかもしれないな。だけど今のあいつは中学の頃と違う。それなりに恋愛に興味を持ってると思うよ。どうやったら夏か——女子から良く見られるか、とか」

「そんな——今言いかけたの誰ですか」

「噛《か》んだだけです」

有希ちゃんのパッツンの淵《ふち》から黒々しい瞳が俺を覗き込んだ。怖いよぉ……目を逸らすのがやっとなんだけど。そのうち視線がピアノ線に化けて俺の頸動脈《けいどうみゃく》狙って来そう。ピュッて死にそう、ピュッて。

「イケメンが恋愛に興味を持つ……これほど恐ろしい事はねぇな……」

「……じゃあなんですか。佐城さんも『兄離れしろ』と言う口ですか」

「……っ……」

「や、そうじゃねぇよ。兄妹なんだから甘えたけりゃ甘えりゃ良いじゃん」

軽々しく〝兄離れ〟なんて言うなよ……一ノ瀬さんビクッとしちゃったじゃん。禁句だぞ禁句。

佐城さんも、という事は他の誰かにも言われてたのか。笹木さんは有希ちゃんのブラコンモードを知らなかったみたいだし、同じ中学の誰かじゃなさそう。親か、あるいは佐々木本人からか。

有希ちゃんの口振《くちぶ》りから一ノ瀬さんとの共通点を見つけるとしたら、『自分だけを見ていてほしい』という点。それに対して二人の違いは、本当の気持ちに蓋をして自立を図《はか》るか、心の整理を付ける手段が分からなくなって悩んでしまうかという点だ。こうして比較してみると、一ノ瀬さんの方がいかに大人であるかがわかる。

「ただ、兄貴の〝妹離れ〟は認めないとな」

「……っ……」

「きっと今まで良い兄貴だったんだろうよ。何も言わなくても気にかけてくれて、有希ちゃんが望むように甘やかしてくれる。だからそこまでブラコン拗《こじ》らせるようになったんだろ？」

「こ、拗らせてなんかいません！　ただお兄ちゃんが優しいからそう見えるだけです！」

「その優しさは今後、佐々木の恋愛対象にも向けられる。あいつの身は一つだし、同時に二人に優しくし続けるのは難しいかもしれない」

それこそクマさん先輩みたいに、身を粉《こ》にしてでも自分の彼女と一ノ瀬さん——妹を大事にしたいと考えてるなら話は別なんだろう。そういう意味じゃ先輩の方が優しい。だからこそイケメンじゃなくても可愛い彼女がゲットできる。師匠《ししょう》、学校での妹さんの安全は俺が責任もって守ります。

「お兄ちゃんの………恋愛対象………」

「そう。妹に向ける愛情とは別のもんだ」

兄貴に甘えるなとは言わない。ただ、今までと同じように甘やかしてくれるのを待つんじゃなくて、自分から積極的に甘えに行かないとその優しさを受けることは出来ないかもしれない。有希ちゃんに何かつらい事があったとしても、佐々木がそれに気付いてくれるとは限らないんだ。

「――じゃあ、私がその対象になれば全部解決ですねっ！」

こいつぁやべぇや。

8章♥……♥それは反則

「え、ええっ……!?　兄妹でカップルになれるんですか!?」

「なれるんですよ」

「なれねぇよ」

「そこまでは……」

正直なところ、有希《ゆき》ちゃんを一ノ瀬《いちのせ》さんみたいに自立させるのは難しいとは思っていた。

一ノ瀬さんは〝兄妹だから甘える〟だけど有希ちゃんの場合〝兄妹だけどそんなの関係ないよね！〟だからな。だからと言ってまだ高校生にもなってない女の子に「自立せぇや」というのも酷《こく》すぎる。

「……どう思おうが有希ちゃんの自由だけどさ、佐々木《ささき》と親しい人間に危害加えたりするのだけはやめろよ？」

「もちろん、人間には何もしません」

「霊長類《れいちょうるい》ヒト科の女性に分類される生物も人間だからな？」

「は？」

「『は』じゃねぇ」

「むぅ……」

さっき女狐《めぎつね》とか言ってたし、さては佐々木と違う生き物を人間として見てねぇな？

佐々木がモテるあまり、有希ちゃんがヤンデレ化してあいつがいきなり学校に来なくなる分にはまだ良い。あいつが意識する人間――――夏川《なつかわ》に危害が加わる可能性があるのは看過できない。まぁ、こうして俺たちに本性《ほんしょう》ぶちまけてるからにはそこまで本気じゃないんだろうけど。

「……ウザいこと訊いていい？」

「それがもうウザいんですけど」

「中学に良いなって思う男子居ないの？」

「女子中ですけど」

「あ」

そうじゃん……笹木《ささき》さんと同じ美白浜《みしろはま》だったわ。そもそも出会いが無いんだよな。もし共学に通ってたら兄貴より良い男に出会えてた可能性だってあったんだよな。もし俺が男子中に通ってたら夏川と出会ってすらないし、ぜったい今と違う感じになってたに違いない。

「何ですかその目は……別に共学だったとしても変わりませんよ。男子なんて『うんち』と『おちんちん』の二語でずっと盛り上がってるガキじゃないですか」

「偏見《へんけん》にもほどがある……！　有希ちゃんの中の男子像、小学生で止まってるからっ」

「コ、コウくんだってもっとお上品ですよっ！」

「ぁう……」

『うんち』はともかく、いきなり女子の口から『おちんちん』なんて言葉出てきたらビックリするわ。笹木さんの弟の光太《こうた》くんは育ちが良いだけの気がする。こんなお姉ちゃんが居たら迂闊におちんちんトークも出来ないに違いない……強く生きろよ……。

あとこの中じゃ一ノ瀬さんが一番耐性が無さそうだ――閃《ひらめ》いた。

「テレビでイケメンなんて騒がれてる人も髪型《かみがた》だけで、お兄ちゃんの方が格好《かっこ》良《い》いですし」

「うっ……！」

入学当時、ワックスで髪を良い感じに整えただけで「あれ？　結構イケてるんじゃね？」なんて勘違いしてた俺にぶっ刺さる……。女子の生の声――それも年下の子に言われるとかなりの攻撃力《こうげきりょく》がある。

「そもそも！　お兄ちゃんより格好良い男の人が居ないんですよ！　だから私がお兄ちゃんを好きになるのは当然の事なんです！」

「……うーん」

……あれ？　これ、聞いてる限りじゃまだ遅くはないんじゃないか？

誰かに恋をしてもおかしくない年頃《としごろ》になってから有希ちゃんはまだ外界の男と接していないわけだ。これから共学の高校に入学して小学生から変貌《へんぼう》を遂《と》げた男子に触れるかもしれないわけで。同じ小学校だった男子と三年ぶりに再会して「あ、あの時の……！」なんて運命的な再会が待ってるかもしれない。

こういうブラコンに限って「ち、違う……！　私が好きなのはお兄ちゃんだけなんだから！」なんて抑え切れない感情が理解できず気付かないまま相手を好きになって行くタイプの甘酸っぱい青春を過ごすんだよ。夏川で脳内再生興奮不可避《ふかひ》。

有希ちゃんの青春がこれからだと考えると、今すぐ佐々木との距離を考えさせるのは時《じ》期尚早《きしょうそう》かな……。何なら考えさせた結果がアレだからな……下手に刺激せず、有希ちゃんにそういう相手ができるのを待った方が意外と得策なんじゃ……？

「ちなみに佐城《さじょう》さんはありえません」

「ちなまなくて良いんだよ。わざわざ俺の敗北記録更新《こうしん》すんな」

「は、敗北記録……」

全戦全敗。そろそろ生んでくれた親に謝らないといけない。いっその事もうあんパンで良いから定期的に顔交換したい。顔の一部を分けて胃袋《いぶくろ》つかむ戦法で行くから。お肌《はだ》のケアも要《い》らないしオススメ。強いて言うなら風呂《ふろ》入るとき外さないといけないくらい。

「……まぁ何にせよ、元気になったみたいで良かったよ」

「そ、そうですね」

「……」

笹木さんがまるで何事もなかったかのように頷く。言葉の裏に「私は何も聞いていない」という気配がした。聞かなかったフリできるなら俺もそうしたい。一ノ瀬さんは茫然自失《ぼうぜんじしつ》といった感じに口をポカンと開けて固まっていた。

有希ちゃんが調子を取り戻《もど》しつつある。こんな校舎裏の東屋《あずまや》に居るなんて聞いたときは何事かと思ったけど、実際まだ佐々木に決定的な何かがあったわけじゃないし、思ったより有希ちゃんが平気そうで良かった。結果オーライ、これ以上の闇《やみ》を知って精神的に疲れる前に引くとしよう。深淵を覗き込んだら深淵が容赦なくぶん殴《なぐ》って来るからな。

「——は？　良くありません。お兄ちゃんに近付く女狐問題がまだ残ってます」

「それをどうにかするのは有希ちゃんじゃなくて佐々木自身なんだよな」

顔を真っ赤にしてた佐々木が初心《うぶ》かどうかは別にして、異性関係なんて成功しようが失敗しようが経験しておくに越したことはない。俺なんか失敗しかした事ないけど、じゃあ中学のあの頃に戻ってやり直したいかと訊かれたら別にそうじゃないからな。仮に戻ったとして、別のクラスだった夏川とまた関わり合いにはなれるとは思えないし。あの頃の無謀だった俺にも褒めて良いところはあったわけだ。

「佐々木だけならともかく、その知り合いにまで干渉《かんしょう》してるとあいつに嫌われるぞ」

「ぐぬぬ……」

俺からしてもこの厄介さ。たぶん佐々木なんかはもっと有希ちゃんに辟易《へきえき》してるに違いない。でもそれは相手が妹で、自分にしか迷惑が掛からないから許せてる。自分以外の人間、それも自分を好いてくれる人にその行為《こうい》が向いたらいい加減あいつも怒るだろうな。

「……そういう佐城さんの方はどうなんですか」

「は……？」

「前に、お姉さんが居ると言っていました」

もともと佐々木だけを目的にスマホのやり取りで俺と繋がってる有希ちゃん。だけど男の話で盛り上がるなんて俺にとっちゃ苦痛でしかない。偶《たま》には有希ちゃんとコミュニケーションしてみようじゃないかと話した時に、兄弟の存在を訊かれて姉貴が居ると答えたことがあった。世間話をまともにできたことなんて片手の指で数えるくらいしかないからはっきり憶えている。

「えっ……⁉　佐城先輩、お姉さんが居るんですか⁉」

「居るんだよそれが……」

「……なんで、残念そう……？」

珍しく一ノ瀬さんからツッコミが入った。仕方ないじゃない、優しくされた数より泣かされた数の方が多いんだから。笹木さんとのチェンジを願う。この際もう年下のお姉ちゃんでも構わない。俺は理《ことわり》を越えていく。

「例えば、佐城さんのお姉さんにどこの馬の骨とも分からない男の人が近付いてきたとします」

「馬の骨」

現代のＪＣの口から中々飛び出してこない言葉だな。それだけ日頃から佐々木に近付く女子に対してそう思ってるんだろう。もしかしたら頭の中ではもっとイマドキの言い方をしてるかもしれない。馬ボーンとか。

それにしても姉貴に男……か。生徒会のＫ４のイメージが強すぎる。でもそれだと馬ボーンの出処《でどころ》がはっきりし過ぎてるな。こう、大学生の男とか想像すりゃ良いのか……？

「どんな人かも分からないのに、あまつさえその人と付き合うとか言うんですよ？　弟としてそんなの心配じゃないですか？」

「いや？」

「またまた」

「や、冗談とかじゃなくて」

「自分のお姉さんですよ？」

「おう」

「どうも思わないなんて……そんなわけ」

「あるんだな」

「少しくらいは」

「思ってない」

「……本当は？」

「誰かもらってください」

「嘘です！」

や、マジでマジで。嘘じゃないって。

「ありえません、ありえません」

などという供述を繰り返し、俺を親の仇《かたき》でも見るような目で見て来る有希ちゃんは完全復活を遂げたと言っても良い。戦闘力は以前と比較にならない。　俺を謎の反面教師にして兄妹愛《きょうだいあい》を深めた有希ちゃんを誰が変えられるというのだろうか。

後のことはPTAかFBIに任せた。

更《さら》なるご機嫌取りのため、一ノ瀬さんと笹木さんの協力のもと、うちのクラスまで有希ちゃんを引っ張った。最初こそ抵抗を見せていたものの、佐々木の存在を仄《ほの》めかすと借りてきた猫のように大人しくなり、「ふ、ふん！　別に佐城さんに誘われたから付いて行くわけじゃないですからねっ」と素直になれない思春期の女の子と化した。おかしい……言葉はツンデレなのに全く好意を感じない。

教室の窓越《まどご》しに見えるシェパード佐々木を見て有希ちゃんは声にならない嬌声《きょうせい》を上げた。どこに隠《かく》し持ってたか分からないセルフィーのアレを取り出し、あらゆる画角から佐々木の姿をスマホの中に監禁した。あまりの迫力に他人のフリを余儀《よぎ》なくされ、ついに俺たちは有希ちゃんをリリース。二度とキャッチしないと心に誓《ちか》った。有希ちゃんの存在に気付いた佐々木の苦々しい顔がこの一連の物語のアクセント。

「いい時間になっちゃったけど……どうする？　笹木さん、参加する？」

「いえ、ちょっと……」

笹木さんになぞなぞ大会への参加を問うとあまり前向きではなさそうだった。あの何でも楽しみがちの笹木さんが、だ。中学校での有希ちゃんとのギャップに付いて行けず放心状態と見える。一方で、一ノ瀬さんはまるで何事も無かったかのように笹木さんの横に立っていた。たぶんさっきまでの記憶が無くなってるんじゃないかと思う。素晴らしい防衛本能だ、嫌な事件だったね……。

ちょっと休もっか。そう、お互いに見合わせた目線で全員の考えが一致《いっち》した。

◆

お隣のクラスは休憩所。持ち運ばれたベンチが綺麗に並んでおり、B組の生徒が二人ほど端の方に立ってるだけだった。正式な休憩所は食堂や中庭だけど、こっちは人が混んでないから気軽に休むことができる。ある意味一番の正解かもしれない。出し物をしてない分、ほとんどの生徒が文化祭を満喫《まんきつ》できるし。もう一年生は毎年これで良いんじゃね？

ジュースを持って座る二人の横、空いてるベンチの真ん中にドカリと座る。

「どう？　文化祭楽しめた？」

「えっ、あ、はいっ……！」

「……」

どの口が言うのか。笹木さんに対する良心の呵責《かしやく》に苛《さいな》まれながら問うと、とても大人な対応が返ってきた。女子大生風のＪＣに大人の対応をさせてしまった。きっと俺は死んでも天国に行けないと思う。中でも一番攻撃力が高いのは一ノ瀬さんからのジト目だった。

ごめんなさい、先輩風《せんぱいかぜ》吹かせるの百年早かったです。

咳払《せきばら》いで誤魔化して、普通に謝る。

「ごめん……数か所しか案内できなかった。最終的に訳の分からん校舎裏に行ったし」

「いいえっ、十分楽しめましたし、有希ちゃんを捜すときにグラウンドや体育館も見られたのでっ！」

ええっ……そこまで捜していただけたんですか……？　俺より圧倒的《あつとうてき》に捜索《そうさく》範囲広いんですけど……。

先輩としての顔どころか男としての顔も立たない結果に意気消沈《いきしようちん》。出来ることなんてこうして自販機《じはんき》のジュース奢《おご》るくらい。本当だったら体育館とかその辺ものんびり見て回れたんだけどなぁ……。有希ちゃんも一応後輩に当たるわけだし、そこもコントロール出来てこその先輩だよなぁ……リリースしちゃったし。

「——それに、こうして佐城先輩と深那《みな》先輩が居ることが再確認できたので」

「……っ……」

キュン――――えぇ、何この子優し過ぎるんですけどぉ……。

マジで中学生とは思えない。実はどっかで一回薬飲まされて見た目は子ども頭脳は大人になった事があるとかじゃないよな？　や、冷静に考えたら見た目も大人だったわ。身も心もアダルトじゃん。何で中学生やってんの？　どうしてそんなに女子大生だという可能性を捨てさせてくれないの？

一ノ瀬さんもうっとりとした顔で笹木さんを見ている。妹になりたそうだ。クマさん先輩の代わりになるかもしれない。

「ぜひ、我が校にご進学ください……」

「ええっ……⁉　は、はい！」

こんな後輩が欲しいベストオブザイヤー。

鴻越《こうえつ》高校の諸先輩方、並びに運営代表者に代わって心からの想いを述べさせていただきます。仮に俺が校長で笹木さんが別の志望校を選んだとしたら迷わず事実確認しに行くだろう。親御《おやご》さんすら説得する所存。

「ぜひ……古本屋の方にも……」

「ええっ、わ、私がアルバイトですか⁉」

まさかの一ノ瀬さんからの売り込《こ》み。ぺこりと頭を下げつつお願いする声はどこか切実さを感じさせた。実は一人でのアルバイトが心細いのかもしれない。胸が締め付けられる……結果的に一人にさせてしまったし。強《あな》ち冗談で言ったわけじゃないのかもしれない。

そもそも一ノ瀬さんが自分からアクションをかけた事がもうレア。仲の良い後輩ができて良かったね、なんて親心が溢《あふ》れた。この二人の側に居続けると相反する二つの感情がぶつかり合ってしまう。助けて……父性とバブみが立て続けに襲ってくるよぉ……。

笹木さんは中学生……笹木さんは中学生……。

せめて狂気性のある方はどうにかしなければと自己暗示に徹し、笹木さんの頭の上に実《じつ》年齢《ねんれい》を思い浮かべて正気を保つ。何らかの悟《さと》りを開いたところで、黒板の上の時計が目に入った。

◆

校門の前で帰って行く人の流れを見ながら笹木さんを見送る。遊園地から出るかのような名残惜しさを見せ、一ノ瀬さんに「帰りたくないですぅ……」と甘える姿は俺のＳＡＮ値に優しかった。ありがとう、これで俺はまだ君を中学生として見て居られる。

「またいつでも来なよ。大丈夫、笹木さんならバレないから」

「だ、だめだよ……」

どうやらこのお別れが名残惜しいのは俺も同じだったらしい。自然と笹木さんを悪《ワル》の道へと誘《いざな》っていた。有希ちゃんと接しすぎて俺の倫理観《りんりかん》が崩れつつあるらしい。初めて一ノ瀬さんからツッコミを受けた。

「必ずっ……必ず鴻越《ここ》に受かって見せますっ！」

そう決意を滲《にじ》ませる笹木さんからはこの学校に入学する未来しか浮かばなかった。しっかり勉強もしてるみたいだし、まず落ちるような事はないだろう。そこにわざわざ「頑張れ」の一言が必要とは思えない。ただ先輩としてドシッと構えていれば良いんだろう
――来年もし居なかったら泣くかもしれない。

「じゃあ、気をつけ――」

「ああぁー!?　居たー!!」

「……!?」

「え……？」

暗くならない内に帰ろうとしたところで、猛《もう》ダッシュで駆けてくる影があった。バレー部のユニフォーム姿の芦田《あしだ》だった。あちこちを必死に探し回ってようやく見つけたような声で叫《さけ》んだ割に何故か顔は楽しそうだ。俺と目が合うと、そのままこっちに向かって飛び

込んで来――――え!?　何で!?

「いぇーい!!」

「うおおおお!?」

謹慎《きんしん》レベルの弾丸《だんがん》タックルを何とかキャッチする。勢いのまま校門横の石畳《いしだたみ》を外れ砂利《じゃり》道《みち》の上を滑って何とか止めた。相手が女子だとか構わず抱《だ》き止《と》めてしまったけど、芦田は全く気にしてないようだった。生意気にもちゃんと腕をクロスして胸部をガードしてやがる……解《げ》せぬ。

「おい芦田ッ……！　いきなりなに――――」

「いぇーい!!」

「ひぅッ……!?」

パッと腕の中から抜け出したサンシャイン芦田は、今度はがばちょと一ノ瀬さんを抱き締めた。勢いのあり過ぎるあすなろ抱きに、一ノ瀬さんが必死になって磨いた対人スキルは何の意味も為《な》さないようだった。

――――芦田×一ノ瀬さん、だと……？

突如発生した新カプ誕生イベントに動揺を禁じ得ない。俺の百合センサーがこれでもかと言わんばかりにファンファンファン反応した。想像もしたことなかった組み合わせに脳内であらゆる考察が飛び交《か》う。そして最終的に一つの結論に達した。

――陰《いん》と陽《よう》は交わることができない。

「芦田ァ！　てめ、何しに来やがった！　一ノ瀬さん嫌がってるだろ！」

「そんなことないもんねー！　ねー？　一ノ瀬ちゃんっ！」

「やっ……！」

「ガーン!?」

キュッと目を瞑《つぶ》って芦田から抜け出した一ノ瀬さんはそのまま目の前の笹木さんの後ろに隠れた。まるで暴漢にでも襲われたかのようなガチの反応に芦田は分かりやすくショックを受けたようだった。ざまぁみろ。陽キャレベル三段階落としてから出直しやがれ。

「テンション高すぎるだろ……マジで何しに来たんだよ」

「や、やー。愛《あい》ちからさじょっち達のこと聞いて、これは行くしかないと思ってねっ」

「行くしかない？　何でだよ」

「ふふん」

イラッ☆

今までこんなにも煽られた事があっただろうか。ただでさえ笹木さんとの折角《せっかく》の感傷的なお別れに水を差されているというのに。こうなったら首根っこ掴んで文化祭実行委員に

突き出すか……――駄目だ。　夏川と芦田がイチャイチャする未来しか見えない。

「――笹木さん、だったよね」

「えっ、は、はい！」

やはりパリピに死角はないのか。そんな世の中の理不尽《りふじん》さに地団駄を踏んでいると、芦田が気を取り直すように笹木さんに体を向ける。姿勢を正すと、そのまま腰を直角に折り、笹木さんの方に右手を差し出した。

「入学した際はぜひバレー部に……！」

「ええっ……!?」

それはルール違反《いはん》だろ。

9章 ❤ ❤ 恋愛相談

文化祭実行委員としての初日が終了した。

初日と言っても、文化祭を通しての私の仕事はほぼ終えたようなものだ。一日目を私が受け持つ代わりに明日は佐々木《ささき》くんが見回りを務めてくれる。私の二日目は閉会式を除いてほぼ自由だと言っても良い。そんな余裕が生まれたのも、文化祭実行委員会の先輩たちの尽力《じんりょく》と生徒会や渉《わたる》の助力があってのものだろう。

「あの、何か手伝うことある？」

「あ、夏川《なつかわ》さん！　もうほとんど終わったから大丈夫だよ！」

「そうなんだ……」

「お疲れー」

実行委員の腕章を外して一年C組の一員に戻る。クラスの出し物であるなぞなぞ大会はあまり関われなかったからとお手伝いを申し出たけれど、既に初日の片付けは終わったようだった。

周囲を見回すと見慣れた背中を見付けた。さっき会った時は犬のコスプレ（※本人は着ぐるみと主張）みたいな恰好をしていたけれど、今は普通の制服姿だった。近付いて、その背中に声をかける。

「何やってるの？」

「おお、夏川――うおっ」

「ぁ――」

振り返った渉が私を見て大きく仰《の》け反る。その反応を見て自分が渉に近付きすぎていた事に初めて気付いた。

慌てて一歩下がる。顔が熱くなったけれど、手で扇ぐと露骨《ろこつ》に見えてしまう。赤くなっていない事を願って、目を合わせないようにそっと視線を落とした。

「その――ごめん……」

「あ、いや、別に……」

少し気まずい空気になったものの、今となっては〝よくある事〟のように思えた。それだけ渉との関係性が変わったのだと実感する。何故だかこんな事で怯《ひる》んでいてはいけないと、前向きな気持ちが湧いてきた。

気を取り直してさっきの質問をもう一度する意味で目を合わせると、渉は困ったように後頭部を擦《さす》って、少し照れくさそうな顔で言った。

「――佐々木を、蹴《け》ってたんだ……」

「何やってるの⁉」

ええっ、と思って渉の奥を覗き込むと、昼に会った時の渉と同じ犬の恰好をした佐々木くんが居た。ぐったりした様子で、壁を背にした椅子に座って足を投げ出していた。どこか虚《うつ》ろな目で床を見つめる様はせっかくの整った顔を台無しにしているように見えた。

「おーい、起きろよ、この野郎」

「ちょ、ちょっと！　駄目だってば！」

渉が足でペシペシとリズミカルに佐々木くんの足先を攻撃する。蹴りと言っても痛みはなさそうだけど、これが酷い事には変わりない。元気の無い佐々木くんに対するあまりの仕打ちに、私は思わず渉の腕を引いて止めた。

「はぁ、この辺にしといてやるか……」

「もうっ……。佐々木くん、何でこうなってるの？　まさかあんたが……」

「違う違う、元からこうなってたよ。だからこうして労《ねぎら》ってたんだ」

「嘘つきなさい」

話を聞くと、どうやら佐々木くんはただでさえ悩《なや》み事《ごと》を抱えているところにさらに妹さんに振り回されたようだった。渉も佐々木くんの妹さんに振り回されていたらしく、その恨みをお兄さんである佐々木くんにぶつけていたらしい。何も労ってないじゃない……。

「妹さんは……？」

「わかんね。たぶん佐々木が帰したんだと思うけど、深く考えないようにしてる」

「え……？」

急に真顔で言う渉。どこか含みのある言い回しだった。

そう思った瞬間、何故か背筋にぞくりと寒気が走る。窓の外のどこか遠くから強い視線を感じたような気がする。辺りを見回すも誰かがこちらを気にしている様子は無い。気のせいかな……？

「その……どうするの？　佐々木くん」

「保健所に連絡しよう」

「真面目に言ってるのっ」

「いてっ」

渉は佐々木くんや山崎《やまざき》くんの事になると直ぐにふざけ出す。仮に佐々木くんが本物の犬だったとしてもいきなり保健所はあんまりだ。たぶん冗談だと思うけど、肘《ひじ》で小突《こづ》いておいた。

「――あの、私が引き取ります」

「えっ」

そんな時、後ろから声が投げかけられた。

まさかの里親立候補者出現に驚いて振り返る。斎藤《さいとう》さんが恐る恐るといった表情でこちらを見ていた。茶道部《さどうぶ》の催し物を終えたばかりだからか、何らかの衣装が入った鞄を肩にかけている。どうしてだろう、妙《みょう》に私の方を真っ直ぐ見つめているような気がする。だけどさっきみたいな悪寒は無い。

「……なるほどな」

「え？」

渉が小さな声で呟く。何かに納得したようだったけど、私には何もわからなかった。そもそもどうして斎藤さんが名乗りを上げたのだろう。佐々木くんと何か関係があるのだろうか。

佐々木くんにも何か渉みたいな特殊な繋がりがあるのだろうか。私の知らないうちに、いつの間にか今まで話したことも無かった女の子が渉の知り合いになっていた、みたいな……。

「あの……何でそんな半目で見て来るんです……？」

「別に……」

人が実行委員として働いているのに、今日は一ノ瀬さんや中学生の女の子と文化祭を回ってさぞ楽しかったのだろうと思う。ちょっと恨みがましく渉を見てしまったかもしれないけど、別に気に入らないとかじゃない、うん。

「えっと……」

「あ、ごめん斎藤さん。佐々木な。一日二回の散歩と朝晩の餌《えさ》やりは忘れないようにな」

「佐々木くんは犬じゃないよ」

「ええ……マジレスやんか……」

「あんたが失礼なだけでしょ――え、ちょ、ちょっと」

話してると、渉から急に背中に手を添えられた。心臓が跳ねる。驚いて渉を見るよりも先に固まってしまった。できたことは口を動かして動揺を伝えることだけだった。

「いいから……」

耳元で小声でそう言われ、そのまま背中を押されて斎藤さんの横を通り過ぎる。廊下まで連れて行かれたところで背中に添えられた手が離れた。それと同時に操《あやつ》られていた私の体は自由になった。

「も、もう……」

嫌ではなかったけど、急に触れられると体が固まってしまう。緊張してしまうから突然そんな事をするのはやめて欲しい。怒ろうにも何故か怒るための言葉が思い浮かばなくて何も言えなかった。

「空気読んだだけだって。悪かったよ」

「空気読んだって……え？」

そういうことなの？

思わず前のめりになって問い質《ただ》す。これは女子高生としての性なのか、他人《ひと》の恋模様になると俄然《がぜん》興味が湧いてくる。詳細《しょうさい》を求めて目を合わせると、渉はちょっと失敗したみたいな顔になってさっきみたいに後頭部を擦った。どうやら話す気はないらしい。

どうなったのかと気になって教室の中を覗くと、既に佐々木くんは復活していて斎藤さんを前にあたふたとしてるようだった。

「――イケメンめ」

「ちょっと」

あの甘酸っぱい空間に向けてその言葉は無いんじゃないだろうか。私としては見てるだけで応援したくなる気持ちが湧いてくる。それなのにどうして渉がそこまで不満そうにするのかが分からない。

そもそも。そんな事を言う渉の方はどうなのだろう。佐々木くんを妬《ねた》ましげに見ているけど、渉は今日の午後いっぱいを佐々木くんの妹さんを含めた三人の女の子と回っていたと聞く。これは周りの男の子からしたら羨ましいと言えるのではないか。というより少し男女比がおかしくはないだろうか?

考え始めるとさらに気になってきた。渉は三人の女の子に囲まれながらどのような半日を過ごしたのだろう。是非ともお聞かせ願おうではないか。

「ねぇ——」

「愛《あい》ち、結婚《けっこん》しよ」

「ええっ……!?」

突然のプロポーズと抱擁《ほうよう》に驚く。温かい感触の方を見ると、いつの間にか圭《けい》が私の腰に抱き着いて頬を擦《こす》り付けていた。髪から柑橘《かんきつ》系《けい》の甘い匂いがする。バレー部の活動を終えてシャワーを浴びたばかりなのだろう。

「んん〜」

「ちょ、ちょっと……!」

私に妹が居ると分かってから定期的に甘えモードになる圭。しかも今日はよほど疲れているのかまるで離れる気がしない。よく分からない言葉を発し始めたらもう手に負えなくなる合図だ。

「おい芦田《あしだ》、おま――」

「うるさい」

「……」

問い質すどころか、渉は一言も喋れそうになかった。

◇

担任の大槻《おおつき》先生が教室にやって来て、ある女の子達のグループに交ざって楽しそうに話し始めた。どうやらホームルームは無く、いつの間にか自由解散になっていたらしい。

「圭、帰る?」

「帰ろっかぁ……」

余力が残っていればみんなとわいわいしてたはずの圭だけど、今日はもうお眠《ねむ》のようだった。窓の無い渡《わた》り廊《ろう》下《か》まで移動し、少し肌寒《はださむ》い外気に触れさせて目を覚まさせようとしたけど、あまり効果は無さそうだった。

「……?」

「ん～……？」

圭の手を引いて立ち上がろうとしたところで、渡り廊下の出入口の方から騒がしそうな声が聞こえる。どうやら誰かがこっちに近付いて来ているようだった。透明《とうめい》のガラス扉の向こう側に、チラッとその顔が見えた。

「佐々木くん……？」

「んえ？　ささきち？」

「……前は違う呼び方してなかった？」

圭の佐々木くんに対する呼び方を気にしてると、出入口の扉が開かれた。様子を見ていると、佐々木くんは誰かの腕を引っ張っているようだった。見える限りだと、引っ張られている相手はあまり佐々木くんに付いて行くことに乗り気じゃなさそうだった。もしかして斎藤さん？　なんて思ったものの、すぐに違うことに気付いた。

「あれ、さじょっちじゃん」

「うん……」

佐々木くんに引っ張られ、引き摺《ず》られるように進む渉。顔を見た感じは非常に面倒《めんどう》そうだった。いったい何があったんだろう。

『頼むよ佐城《さじょう》ッ――――俺にはお前しか居ないんだッ!!』

「⁉」

「⁉」

えっ。

喩《たと》えるならそれは熱い告白。それを聞いた私と圭は、二人して渡り廊下の途中にある螺《ら》旋《せん》階段の壁際に駆け込んでしまった。この判断は正しかったのだろうか。図らずも壁に身を隠すかたちになってしまった。螺旋階段を使って下の階に避難《ひなん》しようにも、降りてしまえば途中であの二人に見えてしまうだろう。これでは身動きが取れない。

そんな事よりも今は自分を落ち着かせるのが先決だ。ドキドキしながら頭の中で佐々木くんの言葉を反芻《はんすう》する。素敵《すてき》な言葉には間違いなかったが、しかし相手は何度目を擦っても渉にしか見えない。男の子だ。男の子と男の子だ。

「えっ、えっ、何が起こってんのっ……⁉」

「わ、わかんない……！」

目を白黒させて小声で訊いてくる圭。どうやらさっきの一言で一気に目が覚めたらしい。私も同じだ。さっきまで眠ってたんじゃないかというくらい目が冴《さ》えている。

佐々木くんと渉の足音が、先ほど私たちが風に当たるため座っていた場所で止まる。圭が四つん這いになって壁際に迫り、そっと向こう側を覗こうとしていた。

「ちょ、ちょっと……！　それは……！」

「そんなこと言って、愛ちも覗こうとしてるじゃんっ……！」

「あっ、え、えっと……！」

　圭を止めようと近付くも、何故か私は圭の上に斜めになって壁に張り付いていた。おかしい……気が付いたらこの体勢になっていた。愛莉《あいり》のため、行儀《ぎょうぎ》の悪いお姉ちゃんであってはならないのに……。

　しかし体勢がきつい。ちょっと覗きやすくなるように圭の背中に手を突かせてもらおう。

『なんだよ……俺しか居ないって。帰ろうとしてたんだけど』

『少しだけっ……ほんの少しだけだから！』

『き、きめぇ……』

　掴まれていた腕を放された渉は手首を擦りながら苦い顔をしてコンクリートの段差に座った。必要とされているのに渉の態度は素っ気ない。あれが普段の二人の関係性なのだろうか。もしかしたら渉のことを真剣に想ってるかもしれないんだし、もうちょっと優しく接した方が……。

　なんて心の中で苦言を呈《てい》しつつも、未だに目の前の現実が受け止めきれない自分が居た。佐々木くんがそっちのヒトかもしれないことはともかく、渉が穏《おだ》やかな顔で「なぁに？」

なんて言わなかった事にどこか安心している。もしそうだったら帰り道を安全な足取りで歩ける気がしない。

「ささきちの真剣な顔――――こ、これはそういう事なんだよね⁉　ねっ⁉　ねっ⁉」

「ちょっ、聞こえないから静かにしてっ……！」

小声の応酬《おうしゅう》。さっきの眠気はどこに行ったのかと思うほど圭の興奮が止まらない。幸いにも風が廊下を吹《ふ》き抜《ぬ》ける音で渉たちの方までは聞こえていないようだった。このタイミングでバレてしまったら身動き一つ取れないと思う。

佐々木くんは渉が大人しく座ったことを確認すると、鞄からビニール袋を取り出し、何かを差し出した。

『ほら、これ』

『おお――――って、栄養ゼリーかよ……』

『良いじゃんか』

『まぁ、冷たいだけまだマシか』

何かを思い出すようにやや上を見ながらパキパキと蓋を開ける渉。座ってる様子から、もう佐々木くんから逃げ出すつもりはないようだ。どうやら引っ張られていた事そのものに抵抗を感じていたらしい。

いや、冷静に考えるとどうなのだろう。同性の男の子に一世一代の想いを告げられるかもしれないのに、果たして普通の男の子は冷静で居られるものなのだろうか？　私だったら怖くなっているかもしれない。

『なぁ――隣、座っていいか？』

「……！」

『何でだよ！　前座れ前！』

『や、対面の距離も何となくさ……』

『ああ？　ああ……まぁ、そうか……や、そうにしてもしれっと座れよ。わざわざ訊くなよ……』

『悪かったって』

どこか緊張した様子の佐々木くんの言葉に圭の背中がビクリと反応した。私も思わずハッとした息が出たけれど、どうやら佐々木くんは距離感の具合で渉の隣を選んだようだった。苦笑いの佐々木くんに、渉はちょっと嫌そうな顔を返す。

「愛ち……あれ、何かちょっと良くない？」

「え？　何が……？」

「や、何ていうか、あの感じ……」

「うそぉ」

「あっ、引かないで」

ボーイズラブの意味くらいは知っているものの、女目線でそこに良さを覚えた事は今のところはない。だけど圭はあの二人のやり取りに何かを見たのだろう。別に引いてはいないけど、圭みたいに頬を赤らめるほどではないと思った。男の子同士が仲良さそうにしてるところを見てこちらまで楽しくなる分には普通のことだと思う。そもそも仲良いのあれ？

渉は私たちから遠い方の奥にずれ、佐々木くんが私たちに近い方の端に座った。下で圭が「はぁ～っ」と少し艶《つや》やかな声を漏《も》らした。どうやらあの距離感に何か特殊な良さを感じているらしい。少しだけだけど何となく分かってしまったような気がする。確かに、こう、友情という範囲内で見れば……──。

『──で、何だよ。俺に相談事って』

「えっ」

「えっ──キャッ」

「あ、ごめん」

ほぼ同時に反応した直後、圭の背中がガクリと沈んだ。圭の背中に両手で覆《おお》い被《かぶ》さることで何とか倒れずに済んだ。危ない、もう少しで頭から飛び出すところだった。

体勢を整えるため離れると、圭は見るからに落ち込んだ様子になっていた。あの二人に何か強い期待をしていたのかもしれない。

「はぁ～あ。相談事だってさ……」

「そ、そんなに？　別に良いじゃない……」

むしろここで圭の期待が現実になっていた方が宜しくなかったかもしれない。私としては渉と佐々木くんがそういう関係になりそうな可能性がほぼゼロだと分かって安心できた。

『その……誰にも言うなよ？』

『――斎藤さんに告白された事か？』

『ちょっ』

「！」

「！」

渉の一言で圭が再び元の体勢に戻る。かく言う私も限界まで耳を近付けてしまっていた。本当は良くない。盗《ぬす》み聞きは悪いこと。だけど今は生憎《あいにく》と身動きが取れない。そう、これは仕方の無いことなのだ。

『な、何で知ってるんだよ！』

『や、お前が昼に女子に呼び出されてたのは知ってたし。何となくわかるじゃん』

『だ、だけどっ、斎藤さんとは一言も……！』

『んなもん雰囲気でわかるわ』

『うぐっ……』

どこか妬《ねた》ましそうに言う渉は佐々木くんに対して少し強気だった。少し声を潜めて話をする佐々木くんに対して、渉は普通の声量でぶっきらぼうに返している。もうちょっと……祝福してあげても良いんじゃないかな……。

（さっきのは、そういう事だったんだ……）

渉の手を背中に感じつつ教室から出た時を思い出す。渉は「空気を読んだ」と言っていた。まさかとは思っていたけど、この文化祭の中で女の子に呼び出されたなんて前置きを知っていたならそう予想するのは難しくないだろう。

『……そうなんだよ』

白状するように、ぽつりと佐々木くんが頷いた。気恥《きは》ずかしそうな顔をしながらも、どこか複雑そうにも見て取れる。斎藤さんは茶道部ということもあって同性の私から見てもお淑《しと》やかで可愛い。それなのに、そんな子に告白されて佐々木くんは嬉しくないのだろうか。

「――やっぱり。多分、ささきちは……」

「え？」

「……ううん、何でもない」

そういえば圭が大人しい。

佐々木くんが頷いたのを見て、普段の圭なら小声でキャーキャーと盛り上がるくらいはしそうなものだけど、今の圭は佐々木くんと同じように少し難しい顔をしている。圭は交友関係が広いし、もしかすると佐々木くんについて何か知っているのかもしれない。

『――それで、有希《ゆき》ちゃんの魔の手から斎藤さんをどう守るか相談したいんだろ？』

「えっ……？」

『いや違《ちげ》ぇよ！　人の妹を何だと思ってんだ！』

『アグレッシブな内弁慶《うちべんけい》』

『違っ……――くはないかもだけど違ぇよ！』

まさかの相談内容に驚きかけたけど、どうやら違ったみたいだ。佐々木くんに兄想いの妹が居ることは委員会の中で話した事があるから知っていた。妹が兄離れしてくれなくて困ってるって言ってたけど、それほどなのだろうか。妹の好き好きアピールに困ってしまうなんて悪いお兄さんだ。私だったら両手を広げて迎《むか》え入れる。

そう、愛莉は大きくなってもお姉ちゃん離れなんてする必要はない。

「あ、愛ち……？　背中っ……強い力が――むぎゃっ」

あ、ごめん。

佐々木《ささき》くんが渉《わたる》に真面目に聞いてくれるよう求める。渉が『そこそこ真面目に言ったつもりだったんだけどな』と言うと、佐々木くんはガックリと肩を落とした。『そっかぁ……』と漏れた声は何だか実感がこもっている。何か妹さんの話について心当たりはあったみたいだ。

『まぁ……それは二の次だ』

佐々木くんは起き上がって、また渉に真剣な目を向ける。そんな佐々木くんを見ないまま、渉は手の上の飲み物を転がしながら答えた。

『単に斎藤《さいとう》さんを受け入れたわけじゃなさそうだな。ちょっと見直したわ。何だこいつって思ってたし』

『いや、そもそもまだ付き合ってないんだ』

『は？　付き合ったんじゃねぇの？　教室で仲良さそうに話してたじゃん』

『あれはっ——……』

佐々木くんが口ごもる。

私も渉と同じ疑問を抱いた。佐々木くんが斎藤さんから告白されたのが今日の昼とするなら、教室で犬の恰好をした佐々木くんと斎藤さんが話していたのはもう文化祭初日の片付けが終わった頃の話だ。お互いに想いを告げ合った後でそんな事ができるなら、佐々木くんは斎藤さんを受け入れたのだと考えるのが自然だ。

それとは別に渉の言葉も気になる。まるで佐々木くんが斎藤さんと付き合う事があまり良くないみたいな事を言わなかっただろうか。単に妬《ねた》みでそんな事を言ったと考えると、胸の内が冷たくなって行くような気がした。

『…………保留、させてもらったんだ。考えさせてくれって……』

「え……」

佐々木くんの言葉に驚く。好きな人に想いを告げるには勇気が必要だろう。それこそ本人にとっては一世一代と言っても過言ではないはず。それを、保留にした……？

受け入れてもらえるか分からない。もしかすると、拒絶《きょぜつ》されるんじゃないかとずっと怯え続けているかもしれない。そんな状態で、あの時の斎藤さんは教室で佐々木くんの下《もと》に向かい、気丈《きじょう》に振る舞ったと言うのだろうか。もしかすると告白の場で拒まれた方が楽になれたかもしれない。

斎藤さんの事を思うと、胸をギュッと締め付けられるような気持ちになった。

初めて佐々木くんに対して納得できない気持ちが湧《わ》き上がる。でも、渉の奥に見える佐々木くんの深刻そうな横顔を見て、こみ上げてきた熱は直ぐに無くなった。どうして彼はあんな顔をしているのだろう。

「……」

圭《けい》は黙ったままだ。上からだと表情が読めない。眠ってはいないだろうし、たぶん、あの二人のやり取りを真剣に聞いているのだろう。

『……ほーん』

渉はただ、そう言って上体を後ろに傾けた。非難するような声色じゃない。それにどこか納得するように吐き出したようにも思えた。言葉の割に、おどけるような印象はまったく受けない。

何か特別な事情があるのかもしれない。どれだけ感情が揺《ゆ》れ動こうと、佐々木くんの事情や気持ちは佐々木くんにしか分からない。私がどれだけ義憤《ぎふん》に駆られようと、どうせここから二人の前に飛び出すことはできないのだ。渉や圭みたいに、静かに耳を傾ける事にした。

『まず、何でフラなかった？　それから教えてくれよ。正直、保留にした事すら意外だわ』

『……』

「……」

渉があんな事を言ったのには何か理由がある。あの当然のような口振りと、それを受けた佐々木くんの反応を見てそう確信した。何か、あの二人の間でしか共有し合っていない事があるんだろう。圭ではないけれど、少しあの関係性を羨ましく思えた。

『だって佐々木、お前は――』

『佐城《さじょう》、いいんだ』

『……は？』

『もう、いいんだ。それは』

『は？』

二度目の聞き返しは少し険《けん》のある声だった。信じられないと言いたげな目が佐々木くんに向けられる。どうやら怒ってはいなさそうだ。どちらかと言えば困惑に近いようだった。

『……何でだ？　もしかして、俺が知らないうちに告って――』

『いや、告白してない』

『……』

毅然《きぜん》と言う佐々木くんに渉は肩を竦《すく》める。反応に困っているようだった。

また〝告白〟というワードが出てきた。しかも聞く限りじゃ、それは佐々木くんと斎藤さんの間の話では無いらしい。斎藤さんとは別の女の子の話をしている。察するに、佐々木くんは斎藤さんから告白される前からずっと好きだった女の子が居たらしい。だけど、もう諦《あきら》めた、と。

「……愛《あい》ち」

「ううん。ちょっと、体勢に疲れただけ」

張り付いていた壁から離れ、圭の後ろに座《すわ》り込《こ》む。思わず自分を守るように膝を抱いてしまったのは、自分にもどこかで似たような覚えがあるからだろうか。

『スッキリできてんのか、それ』

『できてるよ』

『俺はかつて夏川《なつかわ》に自分の気持ちを嫌というほど伝えた。その上で駄目だった。だからこそ納得できた。だからこそ、今の関係性がある』

「────ッ……！」

急に出て来た自分の名前に心臓が跳ねた。おそらく、今の渉の嘘偽《いつわ》りない気持ちだった。

かつて学校からの帰り道に同じ中学校だった女の子と遭遇したとき、渉は私との関係を『終わった』と言い表した。けれど、そこに渉自身の気持ちが含まれていたようには思えなかった。

あれを聞いて、終わったならまた始めれば良いなんて安易な考えは出来なかった。かつて私が渉を拒絶し続けた日々は、もしかすると渉の心に深い傷を残し、今もその痛みを与え続けている可能性すらあるからだ。

けれど、渉は私と接していても何も言わなかった。だからこそ、深刻に考えるのが怖かった。拒絶しかして来なかった私には渉の分からないところが多すぎる。表面上では普通に見えても、心の中では悲鳴を上げていたかもしれない。どこか恐る恐る話しかけてしまう私に、渉の深いところにまで踏《ふ》み込む勇気はまだ無かった。

でも、渉は納得できていた。

その事実が、胸の奥にある棘《とげ》を一つ引き抜いたような気がした。チクリとした痛みがある。でも、それは忘れてはならない痛みのように思えた。

『あの頃の俺が、何も伝えないまま納得できていたとは思えない。同じように、今のお前も』

『――――だったら佐城は、俺とお前の違いを考えるべきだ』

『違い……？』

『その時、お前には恋敵《こいがたき》が居たか？　自分よりも先に夏川の事を好きになって、一途《いちず》に想っている奴が近くに居たか？　少なくとも、俺は入学した時からそれをまざまざと見せ付けられてた』

『ぐっ……！』

渉が分かりやすく狼狽《うろた》えるような声を発した。覗いてみると、渉は当時のことを思い出したのか少し顔を赤くしていた。思わず私まで顔が熱くなってしまう。当時の渉は歯の浮くようなセリフばかりを口にしていた。今の渉と比べると考えられない。誰にも見られていないのをいい事に、両手で顔を扇ぐ。

『そういう事だよ。俺と佐城の違いはそこだ。俺の場合はそこに付け入るような隙が無いことに気付いてしまった』

『いやそんな事は――』

『あるんだよ。俺が思ったからそうなんだ。佐城に言われることじゃない。――だからこそ、俺は納得できたし、もはやスッキリしてる』

『……』

恥ずかしいけど、確かにそうだ。渉の恋愛と佐々木くんの恋愛は全く別のもの。好きな人に対する区切りの付け方に正解はない、と思う。きっと佐々木くんが好きだった人は今頃その恋敵さんから大切にされ、また、その想いに応えているんだろう。

『どうだ、何か文句あるか？』

『…………あるけど、ねぇよ』

『どっちだよっ』

涉のちぐはぐな答え。佐々木くんはくしゃりとした笑みで渉の肩を叩きつつ、ツッコんだ。相談を持ち掛《か》けているのは佐々木くんのはずなのに、何故か渉が慰《なぐさ》められているような空気になっていた。

「——愛ちは、納得できてる？」

「え……」

「さじょっちとのこと」

「……」

小声の圭は、四つん這いのまま後ろに立つ私に振り返って訊いてきた。きっと、圭も渉や佐々木くんの話を聞いて思うところがあったのだろう。何故なら、私と渉を間近で見て来たから。

答えはすでに出ている——納得できていない。

原因は私の天邪鬼《あまのじやく》な性格だ。当時は何でどうしてと混乱してたけど、今ならわかる。あの頃の私は渉を見ようとしなかった。いつ渉から愛想《あいそ》を尽かされてもおかしくはなかった。

自分で拒絶しておきながら、離れて行くその背中に手を伸ばしてしまうなんて、どう考えても我《わ》が儘《まま》なだけだ。

そして、それは今もまだ変わっていない。自分のこの手が今、引っ込んでいるようにはとても思えない。一度だけ届いたその背中は温かく、あの感触を忘れるにはあまりにも心《こ》地《ち》よすぎた。

「……」

「――そっか」

恥じるように首を振ると、圭は面白がるように笑った。

再び向こうを覗き込むと渉は佐々木くんからもらった栄養ゼリーに口を付けていた。飲み口を離すと、再び話を再開した。

『とりあえず、お前に心境の変化があったことは理解した。きっと斎藤さんへの返事を保留にしたのもそれが関係してるんだろうな。そうに決まってる。俺は頭が良いから分かるんだ』

『何に張り合ってるんだお前は……別に間違ってないけど』

少し真面目な会話から一転、おどけながら話を進めようとする渉。よく見ると右手が後頭部に行っている。あれは渉が何かを誤魔化したり紛《まぎ》らわしたりするときの仕草だ。きっとさっきまでの流れの中に気恥ずかしいものがあったのだろう――私と同じで。

佐々木くんは溜《た》め息《いき》を吐《つ》くと、顔にあたる西日を避《よ》けるように前を向いた。渉がホッとしたように体から力を抜いたのが分かった。何故だろう、すごく気持ちがわかる。

『佐城はどうか知らないけどさ――諦めたって、別に気持ちが冷めるわけじゃないんだな』

『あ……？』

『俺が諦めた理由は気持ちが冷めたからじゃない。もっと別の理由だ。だから、別の人を好きになるなんて当分は先の話だと思ってた。いや、今ですらそう思ってる』

『……お前』

渉は佐々木くんを一瞥《いちべつ》すると、苦虫を噛《か》み潰《つぶ》したような顔で俯いた。聞くに堪《た》えないといった様子だ。痛みすら覚えているかのような表情に、その心を察することすら憚《はばか》られた。渉も佐々木くんと似たような気持ちを抱いているのだろうか。そう考えると、嬉しく思いつつもギュッと胸を締め付けられる思いがした。

『斎藤さんから呼び出されたときも同じだった。この文化祭というイベントの中で、斎藤さんが俺を呼び出して何をしようとしているかは何となく想像できた。自意識過剰《かじょう》なんじゃないかと思いながらも、馬鹿みたいに嬉しくなって、期待して、もし告白されたらどう断ろうか考えてた』

『……』

『何だよ黙って。最低だろ？』

『……付き合うつもりが無かろうと、男なら舞《ま》い上がってそうなるだろ』

『最低だな、お前』

『殺すぞ』

乱暴な言葉の応酬。だけど二人に険悪な雰囲気は無く、むしろ佐々木くんは渉を罵《のの》りながらもどこか自嘲《じちょう》するように笑っていた。誘うように尋ねた言葉はまるで『俺を叱《しか》ってくれ』とでも言っているようだった。

理性と感情がぶつかり合うことで生まれる、矛盾《むじゅん》した二つの自分。自らの首を絞《し》めているかのような窮屈《きゅうくつ》さ。感情のままに在れたらどれだけ良いかと考える冷静な自分。その名《めい》状《じょう》し難い感覚には覚えがある。渉はああ言ったけど、男の子だからと〝最低〟の二文字で一括《ひとくく》りにするのは違うような気がした。状況は違えど、男の子じゃない私にも身に覚えがあるから。

『────けど、斎藤さんの真っ直ぐな目と真剣な言葉で、その考えは変わった』

『あん？』

『手が、脚が、瞳が、全部震えてた。それでも斎藤さんは勇気を振《ふ》り絞《しぼ》ってちゃんと言ってくれた。何で俺の事を好きになってくれたのか。俺とどうなって行きたいのか』

『……』

『自分はこんな事に自信が無い、こういう事が苦手だ。だけど、俺の事を想う気持ちは誰にも負けないって――』

『ちょ、ちょっと待て……待て待て待て待て』

『何だよ』

『何だよじゃねぇ』

口元をヒクヒクとさせながら渉が佐々木くんを止めた。正直なところ私にとってもありがたかった。少し落ち着かせて欲しい。胸がドキドキして堪らない。下を見ると、圭も分かりやすく顔を赤くしていた。

佐々木くんのあまりにも詳細な情景説明に斎藤さんの健気《けなげ》さが簡単に目に浮かぶ。圭ほど仲の良い人じゃないけど、今なら全力で斎藤さんを抱き締められるような気がした。できればお茶とお菓子を用意して圭とキャーキャー言いながら聞きたかった。そもそもこれは渉すらも聞いて良い話だったのだろうか。

『ＯＫしなかった割には細かく憶えてるじゃねぇの……何なのお前、自慢したいの？　俺にとっちゃここ一番の暴力なんだけど』

『違う、最後まで聞け』

『何だよ……新しい拷問かよ……これ以上俺に何を求めるっつんだよ……』

青筋を立てながら泣きそうになってる渉を見て、大き過ぎる鼓動《こどう》が少し和《やわ》らいだ。こんな状況じゃなければじっくりと聞きたいと思う佐々木くんの恋愛話は、渉にとっては苦痛に感じるようだった。これは性別の違いなのだろうか。もしあの場所に私が堂々と居られたなら、佐々木くんに遠慮なく質問をぶつけていたかもしれない。

『傷心気味で少し枯れかけてた俺だけど、斎藤さんの真っ直ぐな気持ちに心を突き動かされたのは確かだった』

『そうか』

『嬉しかった。こんなにも俺の事を想ってくれるなんて』

『ほう』

『でも——だからといって斎藤さんが俺にとって特別な存在になったわけじゃないんだ』

『何なのお前』

『わかるだろ？』

『わかんねぇよ！　生憎《あいにく》とそんな告白は一度だってされたこと無いんでねッ！』

「さ、さじょっち……」

よよよ、と繕《つくろ》うような声で圭が泣きマネをした。渉の叫びはあまりにも内容が悲しすぎた。それと同時に無性《むしょう》に居たたまれない気持ちになった。正直、渉の事を見ようともしなかった私には耳も胸も痛すぎる。窓の反射か、私には佐々木くんに後光が差してるように見えた。

『それでも……俺はあんな子を傷付けたくないし、できる事なら応えてやりたいんだよ……』

『だったらOKすりゃ良かっただろ』

『そう単純な話じゃないだろ。あそこまで真剣に告白させといて、好きでもないのに付き合うとか失礼だろ』

『……だから、保留にしたと？』

『……』

渉の呆《あき》れるような言葉に佐々木くんは黙ったままコクリと頷く。眉尻を下げた渉は二の句が継《つ》げないようだった。さっきまでの聴く姿勢とは一転、今はいかにも面倒そうに口元を歪《ゆが》めていた。何もそこまで邪険《じゃけん》にしなくても……。

『……それが何で俺に相談する事になるんだよ。人選ミスにも程があるだろ……』

『俺の周りで恋愛経験あるのなんて佐城くらいなんだよ』

『恋愛は恋愛でも失恋《しつれん》しか無《ね》ぇけど？　よりにもよって全戦全敗の奴を選ぶなよ……』

『それでもお前は真剣だっただろ……頼むよ』

『お前な……』

うっ……となって少しだけ呼吸が止まる。あの頃の私が渉を拒んだ理由に嘘偽りは無かったけれど、こうして渉が自分を卑下《ひげ》するように言うと無性に罪悪感のようなものが湧いてくる。

少し歯を食いしばりながら聞いてると、圭が四つん這いのまま見上げてきた。

「愛ち……どう思う？」

「……その、できれば……斎藤さんと結ばれてほしい」

「だよねぇ……」

女としての性なのか、一途な女の子は応援したいと思うし、幸せになってほしいと思う。だけど今の佐々木くんは斎藤さんに恋愛感情は抱いていなくて……きっと、このまま付き合っても佐々木くんはその本心を隠し続けるのだろう。今のままだと斎藤さんは本当の意味で幸せになれない。そもそも佐々木くんの初恋《はつこい》の相手が誰なのかも知らない。

ただ、話を聞く限りだと佐々木くんはそれをどうにかするために渉に相談しているのだと思った。きっと、渉が思っている以上に藁《わら》にも縋《すが》る思いで頭を下げているのだろう。

佐々木くんには初恋の人が居て、ちょうど諦めたところで斎藤さんに想いを告げられた。断ろうとしたら心を揺り動かされ、その気持ちに応えたいと思ってしまった。だけど斎藤さんの事を特別視するには突然過ぎたし、きっとタイミングも良くなかったのだろう。そんな状態で受け入れるのは、真剣な相手に失礼なのではないかと。

難しい問題だ。佐々木くんにしても斎藤さんにしても、ただ応援しているだけじゃ解決はしない。渉はどうするのだろう……できれば、力になってあげてほしい。

『……』

はぁ、と溜め息を吐《つ》いた渉は少し上を見上げながら何かを考え始めた。佐々木くんや私たちが難しく考えているのに対し、あまり深刻そうな表情じゃない。まるで昨日の夕飯を問われて思い出しているかのような、そんな顔だった。やっぱり、渉はそこまで真剣に考えていないのだろうか。

もし、渉の中で一つの恋愛だけでなく、〝恋愛〟という概念そのものへの関心が無くなってしまっているのだとしたら。それを奪《うば》ってしまったのはいったい誰なのだろう。そんなことは深く考えるまでもなかった。自分の真剣な気持ちに寄り添《そ》ってくれない寂しさは今こうして佐々木くんを客観視することで強く理解した。渉は、あの時の私のようになってしまったのだろうか。

棘は抜けたはずなのに、痛みが止《や》まない。

『――付き合ってやりゃ良いんだよ』

そっと渉から目を背けた直後、耳に伝わって来た声に、迷いや真剣さは感じなかった。

できれば佐々木くんには斎藤さんを受け入れてほしい――そう思ってはいたけれど、特別な感情も抱いていないのに付き合うべきではないのではないかと言う佐々木くんの気持ちも理解できた。これは間違いなく難しい問題――そのはずなのに、渉はいたって普通の調子でそう言った。

「……」

「……」

思わず下唇《したくちびる》を噛む。渉の言葉は別に喋ってもいない私たちすら黙らせた。どうしてそうなったか理由はよく分からない。佐々木くんの話を深刻に受け止めない事に対する失望か、それとも斎藤さんへ恋心《こいごころ》を持たない佐々木くんに対する答えの方か。二人が結ばれるのは私や圭だって望んでるはずなのに、何故か納得できない感情が一抹の染《し》みのように胸に残る。

『なっ……！　お前っ……話聞いてたか⁉　俺は別に斎藤さんの事を恋愛対象として見て

ないんだぞ!?』

『普通の事だろ、そんなの』

『………………え？』

「え……」

涉は即答《そくとう》した。私が難しい問題だと思った佐々木くんの気持ちは、渉にとっては当たり前だったらしい。

その断言を聞いて理解した。きっと、渉は自分の中に確固たる恋愛観を持っているんだ。佐々木くんの悩みはその恋愛観に照らし合わせると簡単に答えが出るものだった。だから、渉は深刻に考えるまでもなかったのだと思う。

納得できない気持ちが払拭《ふっしょく》されるのと引き換《か》えに、渉の考えに興味が湧いた。私の知らない世界。知り得ることができたはずなのに、気付かないまま通り過ぎてしまった世界。これを聞き逃《のが》すと、もう二度と理解できないような気がした。

『常識の話をするぞ。お前、世の中に両想《りょうおも》いから始まるカップルがどれだけ居ると思うよ？』

『両、想い……？』

『そう、両想い』

両想い。恋愛の完成形。誰かを想う道筋の中で、おそらくそれはゴールとなるもの。ただその境地に憧《あこが》れを抱くばかりで、深く考えた事すら無かった。

『どちらかと言えば……少ない方なんじゃないか？』

『だろ？』

目から鱗《うろこ》が落ちるような気持ちになる。言われてみれば、私の中で『カップルは両想いでなければならない』という考え方が当たり前になっていたかもしれない。実際にその考え方が正しいとするなら、恋愛に対するハードルが高すぎると今気付いた。

『告白は言わば〝お願い〟だ。自分と付き合ってくださいって頭を下げる。自分とカップルになってくださいってお願いする。それって、自分が〝片想《かたおも》いしてる〟って自覚があるからするものだろ？』

『で、でもっ……両想いだってするかもしれないだろ？』

『そこにあるのは〝両想いであってほしい〟という期待だけだ。両想いだと分かってるなら告白するのに勇気なんて要らないし〝そろそろ付き合おっか〟的な提案で済む。カップルっていう形を作るための手続きみたいなもんだろ。当たり前なんだよ、お前が斎藤さんを普通の女子としか思えないのも』

『……っ……』

佐々木くんは物言いたげな顔をするものの口をパクパクとさせるだけだった。何か言い返そうとしたけど、何も思い付かなかったみたいだ。

答えを出した渉に対して佐々木くんが納得したようには見えない。佐々木くんはしばらく目を泳がせると、ようやく渉に言葉を返した。

『それが常識だから……俺に斎藤さんと付き合えって？　斎藤さんが勇気を出して、震えてまでしてくれた告白も、ただの常識だから気にせず付き合えって言ってるのか……？』

『そこまで言ってねぇよ』

『言ってるだろ！』

『お前な……恋愛の先輩である俺に教えてもらいたいから相談してるんじゃないのかよ』

怒気《どき》の溢れる佐々木くんの声。渉は困ったように眉尻を下げて、鼻息が荒《あら》くなる佐々木くんの肩を掴んで『話を聞け』と止める。

斎藤さんの健気《けなげ》さに心を突き動かされた佐々木くんにとって、それを情緒《じょうちょ》の無い常識で語られるのは我慢《がまん》ならなかったのだろう。実際、私も話を聞いててどこか寂しさを感じた。渉の中の恋愛観が、まさかそんな理屈の積み重ねで出来上がっているとは思わなかったから。

『あのな、お前が勘違いしてるかもしれないから言っとくけど俺は〝斎藤さん側〟だからな。〝告白される側〟の優雅《ゆうが》な視点で話してないし、そもそも話せないからな』

『〝斎藤さん側〟だって……?　お前、あれで斎藤さんの立場になって話してたつもりなのか?』

『そうだよ。少なくとも〝告白する側〟の中には勝ち負けが存在する。相手と付き合う事ができれば勝ち。それができなかったら負けなんだよ。都合の良い感情だけで告白しても痛い目を見るだけだ。これは斎藤さんだって同じこと。男も女も関係ない。そもそも惚れてしまった時点で圧倒的に立場が弱いんだよ』

『……』

『惚れた方には権利がない。相手に〝何となく〟なんて理由でフラれたところでちゃんとした理由を求める事もできない。こっ酷《ぴど》くフラれたところで文句を言うこともできない。当然だよな、自分の都合を押し付けて、そのうえ呼び付けてまで勝手に告白してる立場なんだから』

苛立《いらだ》っているわけではなく、しかし怒涛の勢いで話す渉に佐々木くんは話を聞くことしか出来なさそうだった。それは私も同じ。告白する側がどんな気持ちで相手と向き合うかなんて、実際にその立場になってみないと分からないのだから。

常識、手続き、勝敗――およそ恋愛感情とは無縁そうな言葉が登場したのは、実際に渉が〝告白する側〟を経験して培って来た価値観なのだろう。つまり、今同じ立場に立っている斎藤さんも同じ事を思ってるかもしれないし、これから思い知る事になるかもしれない。

『〝付き合ってやりゃいい〟なんてぞんざいな言葉を使ったのは、実際にそれだけ斎藤さんの立場が弱いからだよ。それだけ今のお前は斎藤さんをどうにでもできる立場に居る』

『俺はそんなことしない！』

『でも、きっと斎藤さんは覚悟してたはずだ』

『……っ……！』

　渉の口ぶりからすると、斎藤さんは告白するにあたって自分が佐々木くんの事を理解し尽くしているなんて思っていなかっただろう。もしかすると、告白の場で有りもしない佐々木くんの裏の顔を見る事になる可能性だって考えていたはずだ。それを理解したうえで、佐々木くんに告白した……？

　渉は最初、恋愛を味気ない常識で語った。それに対して斎藤さんの身になって、恋心の上に成り立つ身勝手さをものともしない強い覚悟を滲《にじ》ませた。この前後の起伏《きふく》が両方とも恋愛というものの中に混在するのだとしたら――――片想いで成り立つカップルが存在しないと、あまりにも無慈悲すぎる。

『——そんな中で斎藤さんは佐々木《おまえ》を悩ませ、〝保留〟の二文字を引き出した』

『……』

『しかもそれを宣《のたま》った本人は自分の事を想って真剣に考え、人に相談してまで決断しようとしてくれてる』

佐々木くんがやっていること。それは即《すなわ》ち、私が成し得なかったこと。実際、誰かに想いを告げる立場は弱いのだろう。涉はそれを跳ね除《の》けるように何度も何度も繰り返していたけれど、それでも、最初の一回は斎藤さんと同じ気持ちを抱いていたかもしれない。私はそれを〝興味がない〟の一言で片付けた。強い立場だった私は確かに正しい拒み方をしたのだろう。だけど——


『——こんな幸せな事があるかよ、くそ羨ましい』


あの頃の渉の幻影《げんえい》は、私に容赦なく銃口を突き付ける。

痛みの連続だ。この右手を胸から離してしまえば、本当に血が溢《あふ》れ出てしまうような、そんな錯覚《さっかく》がする。

「えっと、愛ち……」

「うん……ごめん」

床に座り込もうとして、私の足が四つん這いで向こうを覗く圭の足先に当たってしまう。壁際を滑る背中を斜めに落として、胸の前で膝を抱えた。そうやって胸を塞がないと耐《た》えられそうにもなかった。

『佐城、その――』

『いい。ただの妬《ねた》みだよ。斎藤さんに対する、な』

『……』

当然、渉が斎藤さんを妬んだのは佐々木くんに想われたからじゃないはず。だとするなら、その真意は斎藤さんが告白の形を理想に近付けた事にある。弱い立場でありながら相手の心を震わせ、真剣に想われるということ。そこに羨望《せんぼう》の念を抱かずにはいられなかったのだろう。私にそれを窘《たしな》める権利があるとしても、きっと口が裂《さ》けても言うことはできないだろう。

『ただ告白されただけのお前がそこまで悩むことができるなら、斎藤さんを本当の意味で好きになる事だってできるだろ。そしてそれは付き合ってからでも遅くない。別に、永遠を誓うわけじゃねぇんだから』

『佐城……』

『付き合ってやりゃ良いんだよ』

床を見つめる私に渉の表情を窺《うかが》い知る事は出来ない。だけど、繰り返された言葉がさっきと同じ声だった事から察するに、きっと表情もさっきと同じなのだろう。過去を過去として認識し、それを経験として昇華《しょうか》させているのだから、今さら何か変わることもないのだと思う。

何も変わらなかったのは、ただそれだけだった。

EX3 ❤❤ 不屈の妹

「有希《ゆき》……俺さ、彼女できる」

学校から帰ってきたお兄ちゃんを玄関で迎えたところで告げられた事実にわたし――

「――」

佐々木《ささき》有希は眩暈《めまい》を覚えた。

私が入学を目指している鴻越《こうえつ》高校の文化祭初日。お兄ちゃんの生態を追うため合法的に潜伏《せんぷく》したわたしは、そこで衝撃的《しょうげきてき》な光景を目の当たりにした。

『――だから、わ、私と……付き合ってくださいっ……！』

初めて目の当たりにした青春の一幕。お兄ちゃんの同級生の女が怯えるように震えながらその言葉を口にし、お兄ちゃんが露骨に狼狽《うろた》える様子を見た時、私は「あぁ……ついにこの時が来たか」と思った。いつかこの日が来ることを何となく分かっていたのだ。

お兄ちゃんは格好良《かっこい》い。それは何も見た目だけの話ではなく、私にとってはいつも手を差し伸《の》べてくれる優しいお兄ちゃんだ。だから妹の私がお兄ちゃんの事を大好きになるのはごく当たり前というか、人類が誕生するずっと前から決まっていた運命のようなもので、ごくありふれた人間関係を表すような陳腐《ちんぷ》な言葉でこの想いを表現する事なんてできないものだ。

そもそも地球に人類が誕生することは太陽系における惑星の距離関係による奇跡《きせき》的なものと言われており、これが言葉通りの天文学的な数字の確率ということになるのだろうが、私とお兄ちゃんの固く結ばれた切っても切り離《はな》せない運命の糸は時系列的に考えればそれよりずっと前に定義付けられていたことから、人類の誕生は決して奇跡的なものなんかではなく、まさに私とお兄ちゃんの運命によって決められた必然的なものだったと言える。それはつまりお兄ちゃんという個の存在が人類より上位性を有しているということであり、ひいてはお兄ちゃんは地球上の王として君臨してもおかしくはないのだ。

さらにその顔立ちは地球のような丸々と肥えた凡愚《ぼんぐ》なフォルムと比べると非常に均整の取れた芸術美があり、それはお兄ちゃんが地球よりもイケメンであるという証明に他ならない。

以上から、人類の黎明期《れいめいき》も終えた後に生まれた下等な一個人である女が、この地球上の最重要人物であるお兄ちゃんに恋慕《れんぼ》を抱いてしまうことはどうしようもない事であり、私が無意識のうちにその可能性を有り得る仮定のひとつとして認めてしまっていることも何らおかしな事ではないのだ。
つまり女狐がお兄ちゃんに接触《せっしょく》するのを防ぐことができなかったのは決して私の力不足ではなく、お兄ちゃんの運命力が星をも凌駕《りょうが》するほど大きすぎたからに他ならない。だからこれは諦めではない。諦めではない。

私がお兄ちゃんとの接触を許している人類の一人、佐城渉《さじょうわたる》⒂はこう言った――佐々木《ささき》貴明《たかあき》は繁殖期《はんしょくき》を迎えている、と。（※言ってない）
サッカー一辺倒《いっぺんとう》だったお兄ちゃんが高校生になって人生のパートナーを求めるようになり、その生涯《しょうがい》において自分の優しさを向ける生物学的に番《つがい》となることが可能な相手を探すようになっているのだ、と。（※言ってない）

ならばお兄ちゃんを敬愛する妹である私がその存在になればと思い、覚悟を決めたのが今日の鴻越高校文化祭でのこと。何も知らないふりをしてたっぷりとお兄ちゃんに甘え、お兄ちゃんの表層意識から深層意識まで〝佐々木有希〟というたった一人の妹の存在を刷《す》り込み意気揚々《いきようよう》と帰宅したのだが、たった今、その覚悟は玄関先《げんかんさき》でのお兄ちゃんからの一言で打ち砕《くだ》かれた。

「な……なん、で……」

「まぁ……俺ももう、高校生だからな」

ふっ、と笑うお兄ちゃんは靴を脱ぐと、固まる私の横を通って階段を上がっていく。ハッと我に返った私はすぐにその背中を追いかけた。

「こ、告白されたのっ……？」

頷かれる事が前提の予定調和の問い。予想通り、お兄ちゃんは恥ずかしそうに耳を赤くして頷いた。可愛い。喩《たと》えるならそれは沖縄《おきなわ》の海に生息する色鮮《いろあざ》やかなヒトデのような赤色であり、叶《かな》うならその部分だけ切り取って水槽《すいそう》の中で飼ってみたく違うそうじゃない。

「なんでオッケーしたのっ……今までそんな素振《そぶ》り、少しも無かったのに……！」

「そう、だな……」

続けて問うと、階段を上り切って少しのところでお兄ちゃんは立ち止まった。

あの女がお兄ちゃんに告白するところは見ていた。あの様子からして、二人が前から良い感じの関係性になって徐々《じょじょ》に距離を詰めていき、満を持してお気持ちの表明に至ったというわけではないだろう。いきなりの告白という印象の方が強い。

それが何を意味するか。お兄ちゃんがあの女の事をあまり知らないという事だ。お兄ちゃんは優しいから相手の事を理解せずにいきなり深い関係性にはなろうとしないはず。だから「まずはお友達から」というのがあの告白のせいぜい起こり得る最善の結果だろうと踏んでいたのに、いったいどうして……。

「俺が何で、有希の事が大切だと思うか理由がわかるか……？」

「え……」

「有希が、俺の事を大好きで居てくれるからだ。だから俺は有希の事が大好きだし、大切にする」

「おにいちゃん……」

キュン、と胸の高鳴りを感じた。これだからお兄ちゃんはやめられない。他の男など知能の低い猿《さる》に等しい。そうとしか思えなくなってしまった以上、お兄ちゃんには責任を取ってもらわなければならない。

期待しながら待っていると、お兄ちゃんは微笑んで言葉を続けた。

「――あの子も、同じなんだよ」

「おごごごご……」

喉の奥で泡《あわ》が湧き上がった。私はもう駄目かもしれない。

「確かに突然のことだったよ。俺がいますぐ誰かと付き合うなんて考えてもいなかった。

付き合うとしても、もっと力の限りを尽くして相手の心をつかみ取り、義理を果たして、ダチにぶん殴られての事だと思ってた」

「えっ」

ちょっと待って欲しい。それは予想外。

今のお兄ちゃんの口ぶりだと、まるで先に好きになったのがお兄ちゃんの方のようではないか。私が直接見て得た情報と違う。つまり……お兄ちゃんは元々その相手のことが好きだった……？　それで今日のあの告白を経て、両想いであることが分かったという事だろうか。

疑問に思う私の心中を察したのか、お兄ちゃんは弱々しく笑って私に告げる。

「佐城の想い人だよ、有希。佐城は知ってるだろ？　俺はダチの好きな人に惚れてたんだ」

「――――」

衝撃の事実だった。口が開いたまま塞がらない。お兄ちゃんが誰かを好きになっていたなんて気付きもしなかった。それがまさか、私の密偵《みってい》が懸想《けそう》する女だったなんて。この私が、お兄ちゃんの異変に気付かなかった……？

「驚いてるな。そっか……有希でも気付かないくらい、俺はいつも通りだったんだな」

「……どういう、意味？」

「言っただろ、『佐城の想い人』って。きっと、俺は最初から諦めてたんだ。だから俺に変化は訪れず、有希が気付くこともなかった」

「……」

何を言っている。お兄ちゃんは完璧だ。この世でお兄ちゃんに敵う男なんて存在するわけが無い。きっと私の密偵の想い人とやらも、お兄ちゃんの事を好きに違いない。や、好きだと困るのだが。

「お兄ちゃんが、〝負けた〟って言うの？」

「——ああ、そうだ」

「……！」

「二人の関係性と俺とでは培《つちか》ってきたものの量が違った。今さら俺が間に入り込《こ》もうとするには遅すぎた。それをまざまざと見せつけられたとき、俺は失恋したようなものだった」

「失恋……お兄ちゃんが……？」

「や、まぁ……自分から身を引いたようなものだからそこまでつらいものでもなかったんだけどさ」

「……」

お兄ちゃんと佐城さんの間にそんな因縁《いんねん》があるなんて思っていなかった。しかもお兄ちゃんを負かすなんて……。私は佐城さんを賞賛すれば良いのだろうか。それとも恨めば良いのだろうか。

「そんな時にあったのが、あの子からの告白だった」

「……！」

「今まで別の人に恋してたんだ。当然、他の子の事なんて知ろうともしていなかった」

「それなら……お兄ちゃんなら断るはずっ！」

「はは、有希はよく分かってるな」

「……んぅ」

頭を撫でて来るお兄ちゃん。その顔は穏やかだった。思わず私も目を閉じてその感触を楽しもうとしてしまう。

「そのつもりだった。でも、その子の必死な想いは俺の心を強く揺さぶった」

「想い……？」

「俺の事が大好きなんだって――――有希と同じだよ。だから俺は、その想いに応えたいと強く思った」

「……っ……」

聞きたくなかった。

私がお兄ちゃんに抱く想いを誰かと一括りにしてほしくはなかった。

私とその人は違う。お兄ちゃんを慕い、想ってきた年月に比べればその人の期間なんか露《つゆ》に等しい。今まで溜めに溜め込んできた想いが、ポッと出の女と同じ……？　ふざけるな！　お兄ちゃんはもう……今までのお兄ちゃんではなくなってしまったんだ！

私からお兄ちゃんを奪おうとするその女が憎《にく》い。何としてでもお兄ちゃんにその女と縁を切ってもらい、今までの私だけに優しいお兄ちゃんを取り戻さなければっ……！

「なに不安そうにしてるんだよ、有希」

「えっ……」

「この程度で、俺が取られるなんて思ってんの？」

「あう」

くい、とお兄ちゃんが私の顎を持って上に持ち上げる。私の視線は強引にお兄ちゃんの顔に向けられた。予期せぬ胸キュンムーブに沸《わ》き上がった怒りが掻《か》き乱される。

「今までと変わんないよ。何も」

「で、でも……お兄ちゃんの優しさは！　その人に！」

「だけじゃない。有希だって大切にするよ」

「そんなっ……同時に二人に向けるなんてっ……」

「できるさ。俺ならな。俺を誰だと思ってんだよ」

「あ……」

先ほどまでのドロドロとした悪感情はどこに行ったのか。気が付けば私の心はお兄ちゃんの優しさに溶《と》かされ、ぽかぽかと温かくなっていた。

「だって俺は——お前の兄貴だぞ？」

「おにいちゃん……」

そうして私とお兄ちゃんは、改めて兄妹の絆《きずな》を確かめ合った。

☆

【——ちょれー女】

【なんてこと言うんですか！】

お兄ちゃんとの熱いひと時を終え、お互いに確かめ合った愛情を噛《か》み締《し》めてからお兄ちゃんの胸キュン語録を誰かと共有したく一思いに電話すると、私の密偵——佐城さんが気怠《けだる》げにそう言った。思わぬ暴言に怒りを抱かずにはいられない。私とお兄ちゃんの絆にケチをつけるなんて許さない。

【うるせぇ、いま何時だと思ってんだ。夜中二時だぞ。いきなり鬼電《おにでん》かけてきやがって。普通に寝てたわ。三十秒出なかっただけで察しろ】

【今はまだお兄ちゃんの妹でしかない私にはお兄ちゃんの想いを受け止めるキャパシティに限界があるんです。だから佐城さんにも分けてあげようかと】

【『今はまだ』って何だよ。今までもこれからも佐々木の妹でしかないから。あと佐々木の愛情とか要らないから。余剰分《よじようぶん》はトイレにでも流しとけ】

【誰の愛情が排泄物《はいせつぶつ》ですか！】

【誰が体から捻り出せっつった。そのまま流せ】

怒りたいのは私の方だというのに、終始不機嫌そうな佐城さんの様子が解《げ》せない。いったい何が不満だというのか。話し始めにこれを子守歌《こもりうた》にして良いと伝えたのだから、寝落《ねお》ちしてもらって全然オッケーなのに。

そもそも佐城さんには文句があるのだ。学校で佐城さんから言われたことは真実では無かった。お兄ちゃんの優しさはこれからも私に向けられるのだから。

【だいたい！　佐城さんの言ったことがきっかけで不安になったんですからね！　ぜんぜんお兄ちゃんの優しさは無限大じゃないですか！　これからも私を変わらず愛してくれるそうですよ！】

【そうだな、俺が悪かったわ。だからこれ以上のパワーワードで俺を驚かすのはやめてくれ……】

【ふん！　凡人《ぼんじん》の佐城さんには話の内容すら受け止められませんか。やはりお兄ちゃんには遠く及《およ》ばないようですね！　彼女さんに言っといてください、お兄ちゃんを選ばなかったこと、いつか後悔しますよって！】

【ちょっ……なつ——あ、いや、別に彼女とかじゃ——】

【何をモゴモゴと気持ち悪い！　お兄ちゃんのような男になりたいならはっきりと喋ってください！】

【何でおれ怒られてんの……もう切るぞ】

【あっ！　待ってください！　佐城さんにはまだまだ言いたいことと訊きたいことがっ……あちょっ】

ポロン、という音とともに通話が切れる。通話時間はわずか二十分と少し。私が寂しいとき、お兄ちゃんなら二時間でも三時間でもお話ししてくれるというのにっ……。

よし、もう一回かけよう。

……。

……。

【着拒《ちゃっきょ》な】
【待ってくださいもう少しだけあちょっ】
ほ、ほんとにやりやがりましたっ……！

あとがき

皆さん、お疲れ様です。おけまるです。
『夢見る男子は現実主義者7』はいかがだったでしょうか。本巻では主人公である佐城《さじょう》渉《わたる》が恋愛観を語るところが個人的な山場となりました。恋愛観はロマンチックに語られがちですが、それがパズルのピースのように形を持ってリアリティを帯びていく様は新鮮だったのではないでしょうか。本作を読む十代の方の恋愛観に何か少しでも良い刺激を与えられたのなら幸いです。

さて、今回は本作が生まれたきっかけについてお話しようと思います。実はこの『夢見る男子は現実主義者』は私が小学生の頃に見ていた少年向けアニメから着想を得て始まっています。それは恋愛要素がほとんどない、妖怪を使役して闘うバトルアクションのアニメでした。そのお話の中では女好きのかませ犬な脇役キャラが居るのですが、話の主題である闘いが始まる前までは好きな女の子に付き纏う迷惑な男の子だったのです。たった数秒の描写で説明されていたものだったと思います。

そんなレギュラー枠でもない端《はした》キャラだった彼が、物語の過程で精神的に成長し、最終回で初めて付き纏っていた女の子に背中を向けるのです。女の子はそんな彼の豹変に困惑し、今度は追いかける側に転じました。それもまたたった十秒ほどのシーンであり、大したことのない日常のワンシーンとして処理されていたと思います。

ほんのわずかな内容でしたが、それは私の癖《へき》にぶっ刺さったまま長年ずっと心の中に印象として残り続けておりました。物書きに至った今となってはとても大きなインプットだったと思います。それがまさかラブコメ作品としてアウトプットされるとは、もはや何がきっかけになるのか分かったものではありませんね。よければそのアニメが何なのか当ててみてください。私はそのシーン以外もう何も覚えておりません。

恋愛ジャンルの小説の執筆に挑戦しようと思っている方が居るなら、ぜひ他のジャンルの作品も読んでみてください。ファンタジーと比べるとどうしても恋愛系は展開の自由度が低く、他作品と重複しないように調整するのが難しい部分もあるため、意外と使い捨てのように扱われているほんのわずかな一コマが後々大きな起爆剤となり得ることがあるのです。私は読み手としてもヘビーユーザーであるため、斬新な作品の誕生を心待ちにしております。

おけまるでした。

第8巻
発売決定
!!!
夢見る男子は現実主義者8
鋭意制作中！

HJ文庫 https://firecross.jp/
1024

夢見る男子は現実主義者 7

2022年8月1日　初版発行

著者―― おけまる

発行者―松下大介
発行所―株式会社ホビージャパン

〒151-0053
東京都渋谷区代々木2－15－8
電話　03(5304)7604（編集）
　　　03(5304)9112（営業）

印刷所――大日本印刷株式会社
装丁――coil／株式会社エストール

ISBN978-4-7986-2891-2　C0193

ファンレター、作品のご感想お待ちしております

〒151－0053　東京都渋谷区代々木2－15－8
(株)ホビージャパン HJ文庫編集部 気付
おけまる 先生／さばみぞれ 先生